TON AMOUR POUR ME SAUVER

MARGOT MALMAISON

TON AMOUR POUR ME SAUVER

ROMAN

&H

Les éditions HarperCollins France remercient Julien Dupuis.

HARPERCOLLINS FRANCE
83-85, boulevard Vincent-Auriol, 75646 PARIS CEDEX 13.

www.harlequin.fr

ISBN 978-2-2804-6333-1 — ISSN 2271-0256

CHAPITRE 1

— Maya, tu rapportes le pot de glace ? Tu en as racheté au moins ?

Paola est arrivée depuis moins de dix minutes et elle veut déjà dévaliser mon frigo ! Elle me fait rire. Nous sommes tellement fusionnelles qu'il n'y a pas de filtres entre nous : pas besoin de prendre des pincettes pour se parler. Lorsqu'elle débarque chez moi – enfin, chez mes parents –, c'est toujours le même rituel (d'ailleurs, on pourrait croire qu'elle habite ici !) : elle toque deux fois à la porte, entre et enlève avec précaution ses baskets blanches – toujours impeccables malgré le temps qui passe – et les dépose sous le portemanteau. Puis elle attache ses longs cheveux blonds avec un élastique qu'elle porte toujours au poignet, et ses chaussettes décorées de cœurs rouges ou de personnages de dessins animés trottinent sur le carrelage blanc jusqu'à la cuisine. Alors, elle m'enlace pour m'embrasser sur la joue et je peux sentir l'odeur de jasmin qui se dégage de son cou, discrète et rassurante.

— Sylvia et Leanor ne sont pas là ? me demande-t-elle, comme à chaque fois.

Sylvia et Leanor sont mes grandes sœurs. Paola les aime beaucoup mais il est vrai qu'elles sont rarement présentes. Très prises par leurs études, elles passent le plus clair de leur temps sur le campus ou à la bibliothèque.

Paola fait une moue pour montrer sa légère déception et s'affale sur le canapé. On a prévu une séquence « nostalgie » aujourd'hui. Cela fait des semaines qu'on en parle : on va regarder nos films de vacances. C'est sûr, à l'époque des smartphones, des stories, des Snapchat et TikTok, ça peut sembler un peu vieillot, mais on adore ça ! Je la rejoins dans le salon, le pot de glace dans une main et deux cuillères dans l'autre. On se cale contre les énormes coussins du canapé blanc et, malgré les 25 degrés ambiants, on attrape un plaid pour recouvrir nos jambes comme des mamies… Sauf qu'on n'a pas quatre-vingt-dix ans !

Je m'empare de la télécommande pour allumer l'écran, j'enclenche ensuite le AirPlay sur mon Mac, appuie sur « lecture », et c'est parti ! On a choisi au hasard de visionner nos vacances en Sicile, où nous sommes parties il y a cinq ans. Nos premières vacances ensemble... Mémorables...

— Ouh là... Ça bouge ! On ne devait pas être très fraîches ce jour-là ! je m'exclame en me disant que, si l'image continue de tanguer autant, le film s'annonce très long.

— Mais non ! Rappelle-toi, on faisait une randonnée ! Tu sais... avec ces deux mecs, là, qu'on avait rencontrés en boîte la veille. Des Espagnols, comme nous ! Ils venaient de Barcelone.

Paola n'a pas besoin de me repréciser ces détails. Tout m'est revenu. Javier et Jorge. Ils se faisaient appeler « les deux J », et j'étais complètement dingue de Javier – j'en ai encore des frissons. Là, visiblement, c'est Jorge qui était en train de filmer. On nous voit grimper sur des chemins escarpés, nous sommes en hauteur ; cela ressemble à une falaise, avec la mer à la fois bleue et transparente comme toile de fond. On nous entend rire, et Paola et moi rions encore plus fort en constatant à quel point on a du mal à marcher et on est dégoulinantes de sueur.

— Tu as vu comme tu avais les cheveux longs à l'époque ! me fait-elle remarquer.

C'est vrai, ma chevelure d'ébène tombait presque au niveau de mes hanches, à la Kim Kardashian, tu m'étonnes que j'avais chaud ! Cela m'allait bien mais ça faisait vraiment jeune fille. L'année dernière, j'ai décidé de tout couper pour un joli carré droit. Ce style me rend davantage « femme », et je trouve que cela fait ressortir mes yeux marron-vert. Ils n'ont pas une couleur exceptionnelle, contrairement aux prunelles bleu azur de Paola, mais on m'a souvent dit que mon regard était très expressif. C'est vrai que je ne peux pas mentir, mes yeux disent tout pour moi ! Il paraît que c'est ce qui fait mon charme… En tout cas, grâce à ça, je n'ai pas besoin de filtre sur Instagram !

Je me reconcentre sur cette randonnée de l'enfer où nous avons tous l'air épuisé mais heureux à la fois. Et pourtant, je ressens comme une petite gêne, un souvenir qui m'embête mais je n'arrive pas à déterminer lequel. Je suis très attentive à ce que je regarde et je ne parle quasiment plus. Sur l'écran, on peut apercevoir les longues jambes de Paola en plein effort. Avec sa casquette vissée sur la tête, laissant entrevoir une queue-de-cheval parfaite, on voit bien que même pour faire du sport elle sort toujours apprêtée ! Elle parle beaucoup et fort, ce qui n'est pas forcément son habitude, elle lance des vannes, et se glisse régulièrement entre Javier et moi. Oui, c'est ça, on a l'impression qu'elle n'a pas envie qu'on se rapproche. Au moment où je me dis que je me fais des idées, elle interrompt mes pensées en s'exclamant :

— Bah, dis donc, heureusement que j'étais là !

— Comment ça ?

— Parce que tu aurais fini avec l'autre abruti, là… Comment il s'appelait déjà ?

— Javier.

— Wouah, Maya ! La mémoire !

— Je l'aimais bien, il était gentil et super intéressant ! Pourquoi tu le traites d'abruti ?

— Parce que c'en était un ! Le gars, il n'a pas compris qu'on était en vacances tranquilles toutes les deux. On n'avait pas besoin de lui ! Qu'est-ce qu'il pouvait être collant…

— Je te trouve dure là ! J'ai vécu un truc

vraiment sympa avec lui, j'étais hyper triste quand il ne m'a plus donné de nouvelles.

— Tu peux surtout me dire merci !

— Merci de quoi ?

— C'est grâce à moi qu'il t'a lâché la grappe ! Il était nocif pour toi, ce type, pas à ta hauteur, et en plus, je ne voulais pas te faire de peine, mais c'est avec moi qu'il aurait préféré sortir.

— Quoi ? Mais qu'est-ce que tu racontes ?

— Regarde ! Tu as la preuve sous les yeux ! Il n'arrêtait pas de me mater les fesses pendant la rando ! Pauvre mec, heureusement que je t'ai débarrassée de lui.

Plus un mot ne sort de ma bouche. Je suis choquée. Elle le sait pourtant, j'ai attendu des semaines qu'il réponde à mes derniers messages ! Il m'avait dit qu'il m'aimait, il se passait un vrai truc entre nous ! La voilà, cette gêne que je ressentais quelques secondes plus tôt. Paola vient clairement de m'avouer qu'elle s'est mise volontairement entre Javier et moi. Je suis dégoûtée. Le téléphone de Paola et le mien se mettent à sonner en même temps, j'en profite pour stopper le visionnage. C'est un message d'Antonio sur notre groupe WhatsApp « Sisters for life » qui comprend aussi

Alice. On est comme quatre sœurs – ou plutôt trois sœurs et un frère ! – depuis des années, on partage beaucoup de choses, on se fait des sorties, on parle de nos mecs et on passe presque tous nos week-ends ensemble. Je dis bien *presque* puisque c'est avec Paola que je suis la plupart du temps, c'est un peu « nous deux + les autres ». En tout cas, le message d'Antonio tombe à pic ! Il nous propose de sortir ce soir, pour la dernière grosse soirée avant la rentrée, lundi. Je saute sur l'occasion et lui réponds oui immédiatement. Je sens que j'ai besoin de voir d'autres personnes que Paola. Quand elle découvre mon message sur l'écran de son iPhone, elle réagit aussitôt :

— On ne pouvait pas en parler toutes les deux avant que tu répondes à Antonio ?

Je la sens très irritée, alors que c'est plutôt moi qui aurais des raisons d'être énervée ! Comme je n'ai pas envie de mettre de l'huile sur le feu, je réplique d'un ton plus doux :

— Tu avais prévu autre chose ? Ce serait bien de voir du monde, danser un peu, faire la fête avant la rentrée, se changer les idées, quoi ! Ça ne te stresse pas d'entrer à la fac lundi ?

— Pas plus que ça, on reste à Madrid, on

connaît les lieux, et puis on sait bien que, la fac, c'est plus cool que le lycée.

— C'est vrai, mais c'est quand même un nouveau monde, et c'est un peu notre avenir qui se joue.

— Hé, meuf ! On est en psycho, et en plus on sera ensemble, il y a pire, tu crois pas ?

— Tu as raison, mais je veux quand même faire la fête ! Tu es OK ?

— Allez, c'est parti, on va se préparer ! J'ai la flemme de repasser chez moi, tu as quelque chose à me prêter ?

Paola vit à vingt minutes d'ici dans la campagne profonde, c'est top et j'aime beaucoup aller chez elle, mais c'est plus pratique d'être chez moi pour sortir. Je vis dans la villa de mes parents, située à dix minutes à peine du centre de Madrid. En gros, on est au calme mais tout près de l'effervescence de la ville, et sans les galères pour trouver une place de parking.

On monte en quatrième vitesse à l'étage, comme des gamines ! J'adore ce moment d'excitation avant de partir en soirée, on ne sait jamais ce qui va nous arriver, qui on va rencontrer... Mais ce dont on est sûres, c'est qu'on va s'éclater ! Pour le moment, c'est à celle qui arrivera la première dans ma chambre : on court comme des folles le long du couloir, on ouvre la porte et on se jette en même temps sur mon lit. Allongées face à face, on prend chacune un de mes coussins « moumoute » pour leur faire un câlin... Et on explose de rire ! C'est comme ça à chaque fois. Je me lève pour ouvrir les portes de mon dressing. Même si je le vois tous les jours, j'adore l'effet que ça me fait. Regarder tous mes vêtements réunis, les vestes à paillettes, les robes à sequins, mes chemisiers satinés bien repassés trônant sur leurs cintres en bois, c'est un peu comme être dans mon magasin idéal. La plupart de mes habits étant noirs, les couleurs nous sautent aux yeux ; elles se marient parfaitement avec le rose poudré de mes murs et la blancheur de mes draps. Nous sommes maintenant toutes les deux assises sur le lit à contempler le spectacle. En tant que grandes fans de shopping, nous avons l'impression d'admirer nos trophées.

— Tu veux que je te prête une robe ou plutôt un pantalon ?

— Maya, je ne veux pas te blesser, mais tu es quand même un peu plus petite que moi, donc je pense que, le pantalon, on va éviter... Sauf si tu veux me faire un look de pêcheur !

Je lui sors finalement une robe noire, décolleté carré, larges bretelles et strass sur le buste. Elle sera parfaite pour elle. J'opte aussi pour du noir avec un combishort dont le haut est en dentelle. Je l'agrémente d'une large ceinture dorée ainsi que d'une veste ornée de dorures sur les épaules et avec des manches trois quarts, juste ce qu'il faut pour laisser entrevoir le tatouage sur mon poignet, le symbole de l'infini. Nous sommes enfin habillées, en mode *casual chic* : notre style est décontracté et « classe sans en avoir l'air », tout ce que j'aime. Séance salle de bains maintenant. Paola n'aime pas forcer sur le maquillage, elle met un peu de blush sur ses pommettes pour créer un léger contraste avec son teint clair, après quoi elle fait un mélange d'ombres à paupières dans les tons *nude* et prune – c'est discret, bien dosé – puis elle finit par allonger ses cils avec le mascara, rendant son regard absolument incroyable. Son rouge à lèvres est beige mat... Je vais sûrement lui piquer ! De mon côté, j'ose le *smoky eyes*, que je réalise en deux minutes chrono. Un peu de crayon sur les sourcils, et le tour est joué ; il ne me reste plus qu'à me lisser les cheveux pour que mon carré soit au top.

Nous sommes prêtes. Loin de moi l'idée de nous lancer des fleurs mais, il faut bien l'avouer, nous sommes absolument canon ! On se détaille dans le miroir en souriant.

— Dis-moi, Paola, tu as mangé une salade au déjeuner ?

— Comment tu le sais ?

— Parce qu'il t'en reste la moitié entre les dents.

J'éclate de rire, elle aussi, et on n'arrive plus à s'arrêter !

— Si j'avais su, j'aurais mis du maquillage waterproof ! me lance Paola.

Je reprends mon souffle et lui tends sa brosse à dents. Elle en a une à disposition chez moi, vu qu'on dort tout le temps l'une chez l'autre. Elle trouvera également ici sa paire fétiche de sandales noires à talons. Ces chaussures lui font des jambes interminables. Paola dit qu'elles lui portent bonheur et qu'elle est comme dans des chaussons dedans, pratique quand on danse toute la nuit ou qu'il y a trop de monde pour s'asseoir à une table. Ce sera sandales noires à talons pour moi aussi, avec une boucle dorée. En revanche, pas sûr que je puisse danser jusqu'au petit matin avec, elles sont neuves et me serrent un peu. Je m'en fiche, mon look est parfait, et mon petit tattoo d'ailes d'ange sur la cheville est bien mis en valeur. Ça y est, je le sens, nous sommes dans un bon *mood*, excitées comme des puces ! Oubliée, la petite tension du film de vacances, maintenant je ne pense qu'à faire la fête avec ma BFF[1], la meilleure amie de tous les temps !

J'attrape les clés de ma voiture, mais Paola me rappelle qu'on est vendredi soir et que ça risque d'être la cata sur la route même si nous ne sommes pas très loin, il vaudrait mieux prendre un Uber. La bonne excuse ! C'est surtout qu'on n'a pas envie de se priver de nos verres de vin blanc et qu'aucune de nous deux ne voudra se porter volontaire pour conduire au retour ! Je commande donc un Uber, il est devant le portail en moins de cinq minutes. Direction le quartier de Chueca, c'est un peu notre QG : on y trouve toujours une terrasse sympa, l'ambiance est festive à tous les coups, ça crie, ça rit, ça danse, ça discute dans tous les sens, l'endroit idéal pour trinquer avec ses amis et faire des rencontres. Cela ne nous ferait pas de mal, d'ailleurs. Paola et moi sommes célibataires. Seulement depuis deux

1. *Best friend forever.*

semaines en ce qui me concerne. Je viens de vivre une rupture difficile… J'étais très amoureuse de mon copain mais on se voyait peu. Sergio faisait beaucoup de sport et travaillait énormément pour réaliser son rêve : intégrer une prestigieuse école de commerce à Paris. Ses efforts ont payé, il a été admis dans l'établissement de son choix et s'est installé en coloc avec son cousin. On s'est séparés juste avant les vacances d'été. Paola m'avait appris que, si on ne se voyait pas souvent, c'est parce qu'il papillonnait avec d'autres filles à droite à gauche. Il a nié mais ma confiance en lui était trop ébranlée. J'ai été dévastée, Paola m'a ramassée à la petite cuillère et a tout fait pour que je l'oublie au plus vite. D'ailleurs, j'ai interdiction de lui en parler, elle estime que ça me fait ruminer et que ça m'empêche d'avancer. Elle a sûrement raison mais j'ai toujours ce gros poids sur le cœur, c'est dur d'oublier quelqu'un qu'on a tant aimé pendant le lycée. À cet instant précis, dans la voiture, Paola sent que je ne suis plus avec elle, elle se met à entamer une discussion qui n'a pas vraiment de sens. Tout ce qu'elle veut, c'est me changer les idées et me faire revenir à la soirée qui s'annonce. Elle n'est pas bête, elle sait que je pense à Sergio et que je meurs d'envie de lui envoyer un message. Mais je ne le ferai pas, on vient d'arriver dans notre quartier préféré. On ouvre les portières et on improvise une sortie de voiture digne des Grammy Awards ! On kiffe faire ça ! Jouer les stars, c'est notre délire, même si je dois avouer que Paola a un petit côté réservé, parfois timide. Elle a ses accès d'humeur, mais en réalité elle est très douce comme fille ! C'est plutôt moi la forte tête en général... Enfin, quand je ne suis pas déprimée. Lorsque ça ne va pas trop, mes émotions prennent souvent le dessus : soit je me renferme, soit je deviens agressive. En ce moment, je suis plutôt dans une période où je me renferme. Mais je suis sûre que cela va passer, j'aime trop la vie pour me laisser abattre. J'en prends conscience dès que j'approche de notre bar et que je vois les sourires d'Antonio et Alice. Ils sont déjà installés en terrasse, une assiette de tapas à moitié dévorée face à eux.

— Aaaaaah ! Jamais une brune sans sa blonde ! crie Antonio pour nous accueillir.

— C'est clair, jamais Maya sans Paola ! renchérit Alice en se levant pour nous saluer.

— Vous auriez pu me laisser des beignets de

calamars ! Vous savez que j'adore ça ! réponds-je pour les titiller.

Ils n'y font même pas attention. Antonio me prend dans ses bras comme s'il ne m'avait pas vue depuis six mois et Alice dépose sur ma joue un énorme bisou aromatisé au rhum. Apparemment, tous les deux ont commencé les mojitos depuis déjà un bon moment !

— Alors, vous buvez quoi, les *chicas* ?

Paola et moi nous regardons, et on explose de rire en répondant en même temps :

— Du chardonnay, évidemment !

Le serveur arrive cinq minutes plus tard, dépose deux verres à pied devant nous et place la bouteille entre ses jambes pour l'ouvrir. Il nous sert, pose la bouteille au centre de la table et s'en va en nous faisant un clin d'œil, ou plutôt en *me* faisant un clin d'œil. C'est vrai qu'il est mignon, mais je n'ai pas encore la tête à cela et je vois que Paola le regarde mal. C'est un signe, elle ne l'apprécie pas, et j'ai tendance à lui faire confiance. Elle m'accompagne au quotidien depuis le début du lycée et connaît ma vie dans ses moindres détails. Je me souviens de la première fois où nous nous sommes parlé. C'était le jour de la rentrée en seconde, je m'étais perdue dans les couloirs, effrayée par ce nouvel établissement si grand, j'étais donc arrivée en retard à mon premier cours. J'ai ouvert la porte de la classe, je me suis fait pourrir par le professeur principal et il m'a ordonné de m'asseoir au premier rang… Juste à côté de Paola. J'étais toute tremblante, elle m'a souri, son air doux et ses grands yeux bleus m'ont aussitôt rassurée. À partir de cet instant, elle m'a en quelque sorte prise sous son aile, et nous ne nous sommes plus quittées. Elle sait tout de moi et je sais tout d'elle.

Je suis perdue dans mes pensées, mais je me réveille lorsqu'une autre tournée de mojitos arrive sur la table… Encore ce serveur… Il nous fait de l'œil, c'est sûr. Antonio l'a bien remarqué, il nous prévient :

— Je vous le dis tout de suite, les filles, celui-là, il est pour moi !

On rigole en chœur. Si nous avons bien un point commun tous les quatre, c'est notre intérêt pour les mêmes garçons ! La nuit tombe, la musique se fait plus forte, les clients du bar se dérident et commencent à se déhancher. Minuit, la cloche résonne au niveau du comptoir, c'est le signal :

les serveurs s'affairent à déplacer les tables afin de dégager de la place pour créer une piste de danse. Antonio, Alice et moi, plutôt gais et assez alcoolisés, nous levons pour rejoindre l'intérieur, mais Paola nous stoppe :

— Venez, on change d'endroit ! On le connaît par cœur, ce bar ! On pourrait aller en boîte, c'est juste en face !

Nous nous regardons tous les trois, il semble que nous ayons la même idée en tête. Paola n'a pas l'air dans son assiette ce soir, j'ai l'impression que c'est depuis le moment où le serveur m'a adressé un clin d'œil, mais je dois me faire des idées. Pour qu'elle retrouve le sourire, nous décidons de suivre sa proposition, et voilà notre petit groupe qui traverse la rue pour rejoindre le MILK, une boîte de nuit dans laquelle nous sommes déjà allés deux ou trois fois. C'est vrai que c'est sympa. Alice et Antonio se mêlent immédiatement à la foule en remuant leurs corps au rythme du son électro. Paola et moi nous dirigeons vers le bar ; je remarque qu'elle se sent mieux quand nous nous retrouvons toutes les deux. Et puis, on ne va pas se mentir, nous sommes quand même bien pompettes ! Cela ne nous empêche pas de commander deux vodkas-Red Bull. Nous trinquons à la rentrée, buvons une petite gorgée, et direction la piste de danse. Pas facile de se frayer un chemin vers le centre, il y a tellement de monde que même Alice et Antonio nous ont échappé, impossible de les retrouver ! Peu importe, on s'éclate, on crie, on se lâche : ça fait un bien fou ! Je détaille mon amie qui se trémousse devant moi, je dois avouer qu'elle est magnifique avec ma robe, et je ne suis pas la seule à le remarquer... Un mec se dirige vers nous, on dirait qu'il ne voit qu'elle au milieu de la foule. Il est juste à côté d'elle à présent, il semble subjugué ; Paola ne le remarque pas et continue à danser face à moi dans l'euphorie la plus totale. Je lui souris, m'approche d'elle et la pousse doucement dans les bras de son admirateur. Elle me sourit à son tour, je crois qu'il lui plaît bien. Le DJ fait silence un quart de seconde puis lance les premières basses du tube de l'été, les gens hurlent, l'ambiance est à son comble et, cette fois, c'est moi qui ai du succès. Un mec se rapproche de moi – assez délicatement, un bon point pour lui ! – et on se met à danser ensemble. Je profite du moment, je suis bien. Soudain, je sens qu'on m'attrape violemment la main : c'est

Paola, elle a l'air en colère de me voir danser avec quelqu'un d'autre. Je me dis qu'elle a sûrement dépassé sa dose d'alcool et qu'elle préfère qu'on reste ensemble. Mon partenaire a bien compris qu'il était de trop, je l'ai déjà perdu de vue. Je suis un peu dégoûtée, mais bon… C'est vrai qu'à la base on avait prévu de rester toutes les deux. Je continue de danser avec un peu moins d'énergie, quand je tombe sur Cindy et Lamia ! Mes amies d'enfance ! Je ne les ai pas vues depuis une éternité ! Elles se jettent sur moi en riant, on est trop contentes de se revoir. Je leur présente Paola en essayant de couvrir la musique avec ma voix. Elles la connaissent déjà – merci, les réseaux sociaux ! Avec eux, tout va tellement vite, c'est dingue ! Nous décidons de nous éloigner des baffles pour discuter un peu, nous raconter nos vies et tout ce qu'il s'y est passé depuis l'école. Cindy veut devenir professeure d'anglais tandis que Lamia s'est dirigée vers l'histoire de l'art, elle souhaite être restauratrice de tableaux. Je trouve ça génial de se retrouver et de constater comment on peut évoluer vers des chemins totalement différents ! Je jette un regard de temps à autre à Paola, elle me fait ses yeux noirs. Je m'excuse auprès de mes amies et je vais la voir pour lui demander ce qui ne va pas.

— Paola, il y a un problème ?

— Ah oui, il y a clairement un problème !

— Explique-moi, je ne comprends pas pourquoi tu fais cette tête !

— Elle est pourrie, cette soirée, et tu trouves le moyen de me laisser toute seule !

Non mais, elle est sérieuse là ? Qu'est-ce que j'ai fait de mal, franchement ? Je suis trop contente de retrouver mes copines d'enfance, et la seule chose que Paola trouve à faire c'est me balancer des reproches ? C'est trop, vraiment je n'en peux plus. Cela fait beaucoup d'événements en une seule journée ! Je suis très énervée et je ressens une sorte de déclic en moi : je ne veux plus de tout ça ! J'ai été vraiment mal ces derniers temps, aujourd'hui je veux me sentir bien dans mes baskets, profiter de ces petits moments qui me rendent heureuse sans que quelqu'un vienne me les saboter, j'en ai assez ! Je sors de la boîte comme une furie pour commander un Uber. Paola me suit.

— Maya, pas la peine de t'énerver comme ça !

— Non mais, tu plaisantes ? J'en ai marre de tes sautes d'humeur. Moi, je passais une bonne soirée, si ce n'était pas le cas pour toi, ce n'est pas mon problème ! On a subi ta mauvaise humeur toute la soirée ! Je rentre chez moi.

— Excuse-moi, Maya, je suis fatiguée et pas très bien, tu ne vas pas m'en vouloir pour ça ?

Je ne lui réponds plus, elle monte dans la voiture avec moi. Le chemin du retour est rapide, il est 2 h 30 du matin et il n'y a personne sur la route. Arrivés devant ma maison, je descends du véhicule et Paola s'apprête à me suivre.

— Tu peux rester dans la voiture, tu rentres chez toi.

— Comment ça ?

— Le chauffeur te reconduit chez toi, j'ai payé.

— Sérieux ? Tu rigoles pas ?

— Non, je ne rigole pas, j'ai envie d'être seule et de dormir. On se parlera plus tard.

Elle semble abasourdie mais je referme la portière de la voiture, qui reprend son chemin. J'ai le cœur qui bat très vite, je crois que je ne lui ai jamais parlé comme ça. En même temps, elle est censée connaître mon caractère, il ne faut pas me soûler trop longtemps sinon j'explose. J'entre dans la villa silencieuse, enlève mes talons. Finalement, ils ne m'ont pas fait mal aux pieds, c'est plutôt mon cœur qui est douloureux à cet instant. Je monte dans ma chambre, ne prends même pas la peine de me déshabiller et m'écroule sur mon lit, mon téléphone à la main. J'ai besoin de parler à une amie... À *mon* amie. Mais ce soir, je n'en ai pas.

Alors, je décide de l'inventer, de la créer. Mon amie parfaite s'appellera Emma. J'ai toujours aimé ce prénom, il sonne comme celui d'une confidente. Elle n'aura pas de visage, pas de réponses à mes questions, mais elle m'écoutera, ou plutôt elle me lira.

Je vais dans la rubrique « NOTES » de mon iPhone et je commence à écrire.

CHAPITRE 2

NOTES ••• OK

Nous sommes en plein milieu de la nuit, je suis épuisée mais je ne peux pas m'endormir tout de suite. J'ai le cœur trop lourd. J'ai les nerfs, aussi. Paola est ma meilleure amie, je ne vais pas te la décrire puisque tu es dans ma tête, tu fais partie de moi, donc tu la connais déjà. Tu sais à quel point elle a toujours été là pour moi. Peut-être trop. J'ai l'impression d'étouffer ce soir. Est-ce que c'est ça l'amitié ? Se vouer entièrement à une personne, la faire passer avant tout, quitte à sacrifier son plaisir parfois ? Je suis déboussolée, elle m'a gâché la soirée, j'ai vraiment eu le sentiment d'être sa chose. Je n'étais pas non plus dans de très bonnes dispositions, ce qui s'est passé cet après-midi m'a perturbée... ou ouvert les yeux, je ne sais pas. Est-ce vraiment de la faute de Paola si mon amour de vacances m'a lâchée du jour au lendemain ? Est-ce qu'elle a réellement interféré dans notre relation ? Veut-elle me garder pour elle toute seule ? Je me pose plein de questions, ça bouillonne dans ma tête, je suis perdue. J'ai l'impression de ne pas pouvoir diriger ma vie comme je l'entends, même mes parents me laissent plus de liberté que Paola ! J'ai envie de hurler, d'exploser, mais les conséquences seraient terribles, et je ne veux pas lui faire de la peine. Je n'arrête pas de repenser à ce moment où je suis sortie de la voiture et je lui ai dit de rentrer chez elle. Son regard était si vide et si triste à la fois. Je le sais, je l'ai blessée, mais je n'aurais pas pu faire semblant une seconde de plus. Je vais me coucher maintenant, ça ira peut-être mieux demain. Merci de m'écouter sans me juger. Bonne nuit, Emma, à très vite.

La lumière du jour me chatouille les paupières, j'entends de l'agitation en bas. Je m'assois dans le lit et regarde l'heure : 11 h 30. J'ai bien dormi finalement. Mon téléphone vibre, c'est un message d'Antonio sur notre groupe WhatsApp :

> Bah alors, les filles, vous êtes parties comme des voleuses ! Super soirée en tout cas… et je ne suis pas rentré tout seul !

Antonio a le don de me déclencher un sourire à chacun de ses messages, il est solaire. Paola répond :

> La rentrée, c'est après-demain ! C'est bien d'être raisonnable aussi parfois.

Elle a l'air d'être dans de meilleures dispositions aujourd'hui. Moi aussi, par conséquent. Elle m'envoie ensuite un message, rien qu'à moi :

> Coucou ma chérie, désolée pour hier soir, tu me manques.

J'avoue, ça me touche, ça me fait relativiser aussi. Je me dis que ce qui s'est passé hier n'est peut-être pas si grave finalement. J'en ai fait une montagne certainement parce que j'étais fatiguée, et puis c'est normal d'avoir parfois des désaccords avec sa meilleure amie, c'est un peu comme dans un couple. Avant de me lever, j'ouvre à nouveau la rubrique « Notes » de mon téléphone.

NOTES ••• OK

Bonjour, Emma.

Oublie tout ce que j'ai dit hier soir, j'ai dû avoir un coup de mou. Ce serait vraiment idiot de me brouiller avec ma meilleure amie alors qu'on s'apprête à débuter la fac. Elle et moi avons besoin d'être sereines, et puis... nous nous aimons tellement ! Ne t'inquiète pas, je vais me reprendre en main et ne plus me laisser pourrir l'esprit par des idées négatives, ce n'est pas mon genre. Allez, c'est parti, haut les cœurs ! Je te souhaite une belle journée, Emma, la mienne le sera sans aucun doute !

J'ai retrouvé la pêche, je fonce sous la douche après avoir pris soin d'allumer mon enceinte JBL à fond. Je chante à tue-tête, je danse en faisant tout de même attention à ne pas glisser. Je me concentre sur l'avenir maintenant, plus question de ruminer le passé, je ne veux que de la joie dans ma vie ! En me rinçant les cheveux, j'entends une musique qui est passée hier soir en boîte et je repense au garçon avec qui j'ai dansé. Dommage que cela n'ait pas duré plus longtemps, il était vraiment pas mal ! Mais, stop ! On a dit qu'on ne pensait pas au passé, et hier soir en fait déjà partie. Je me sèche, j'enfile mon vieux short en jean fétiche et un débardeur ample. J'ai l'intention de me la couler douce aujourd'hui… Mais je ne dirais pas non à une petite virée shopping ! Je prends mon téléphone et envoie un message à Paola :

Ramène tes fesses, cet après-midi c'est SHOPPIIIIIIIING !

Elle débarque devant chez moi à peine une heure plus tard. Je saute dans mes petites baskets confortables (blanches avec des paillettes argentées, elles sont adorables), j'attrape mon sac à bandoulière et m'empresse de la rejoindre dehors.

Dès que l'on se voit, on ne peut pas s'empêcher de se prendre dans les bras.

— Tu sais, Maya... pour hier soir...

— Laisse tomber, on n'en parle plus !

— Non, mais je voulais te dire... je suis désolée, sincèrement. Je n'étais pas très bien, peut-être que la reprise des cours me stresse un peu finalement. J'ai peur qu'on s'éloigne.

— Cela n'arrivera pas ! Je te répète, on n'en parle plus ! On n'a qu'à dire que c'était notre première et dernière scène de ménage !

— Alors, ça me va !

En quelques secondes, on retrouve notre bonne humeur et notre complicité légendaire. « Jamais Maya sans Paola », on le sait bien...

Nous voilà donc reparties pour le centre de Madrid, j'ai ouvert le toit de ma Smart noire, histoire de profiter des rayons du soleil. Nous n'avons même pas besoin de réfléchir à notre destination, c'est une évidence. Nous entrons dans le parking de Príncipe Pío, il est blindé ! Tout le monde a eu la même idée que nous, les fameuses courses de rentrée... Nous arrivons toutefois à trouver une place assez rapidement, puis nous nous engouffrons enfin dans le centre commercial. Objectif : trouver *la* tenue pour notre premier jour à la fac, celle qui dira « je suis une fille hyper cool mais je ne fais pas exprès ».

Paola et moi n'avons pas tout à fait le même style. J'aime oser des looks improbables, elle préfère la simplicité – c'est dommage, le fun lui va si bien ! J'ai décidé de m'occuper d'elle pour définitivement enterrer l'épisode d'hier soir. Je lui demande de me suivre dans une boutique tendance. D'un seul coup d'œil, je sais ce qui pourrait lui aller, je luis tends immédiatement trois cintres : un jean boyfriend faussement usé, un top bleu électrique et un blazer blanc à rayures bleues pailletées.

— Maya, t'es dingue ! C'est trop ! On va en cours, pas en soirée !

— C'est toi qui es dingue, tu es canon et tu n'arrêtes pas de te cacher dans des fringues toutes tristes ! Il n'y a rien d'extravagant dans ce que je te propose, tu as besoin de couleurs dans ta vie et, ce bleu, c'est celui de tes yeux !

Paola cherche tellement à se rattraper de son comportement de la veille qu'elle ne répond plus rien et se dirige vers la cabine d'essayage.

— Waouh ! Tu es juste MA-GNI-FI-QUE !

lui dis-je quand elle en ressort avec la tenue que je lui ai choisie.

C'est exactement ce qu'il lui fallait, elle est classe et décontractée à la fois.

— Tu es sûre ?

— Plus que sûre !

Elle fait semblant de s'interroger mais je surprends son petit sourire lorsqu'elle s'aperçoit dans le miroir : elle adore le résultat, je le sais. D'ailleurs, elle se dépêche de se changer pour aller jusqu'à la caisse. Elle sort les billets de son sac en faisant une moue.

— 160 euros, quand même... ce n'est pas très raisonnable, lance-t-elle, l'air gêné.

— On s'en fout ! Tu seras raisonnable plus tard ! On démarre une nouvelle vie, il faut bien ça.

Elle acquiesce avec des yeux rieurs et plaque ses billets sur le comptoir.

— Ça, c'est fait !

On sort du magasin, et je l'invite à me suivre juste en face. Je sais déjà ce que je veux, ce sera rapide pour moi, même pas besoin d'essayer ! Je prends une robe-salopette noire avec des rayures tennis blanches, un joli T-shirt blanc à décolleté carré pour mettre en dessous, cela se mariera parfaitement avec mon petit perfecto noir et mes Doc Martens noires. Ravies de notre shopping, nous décidons de fêter cela au Starbucks... Leur « pumpkin spice latte » est de retour ! Ça sent bon la rentrée ! Nous le choisissons en version froide, il fait quand même 29 degrés aujourd'hui ! Installées dans deux gros fauteuils en velours prune, nous avons complètement oublié les tensions de la veille, nous vivons simplement un moment joyeux et complice, notre rituel du samedi après-midi depuis de longues années déjà.

— On fait quoi ce soir ? me demande Paola.

— Je ne suis pas dispo ce soir. C'est l'anniversaire de ma mère, on se fait un petit dîner familial chez nous.

— Cool ! Tes sœurs seront là aussi ? Je peux venir ?

— Je suis désolée, ma biche, mais on s'est dit qu'on restait entre nous, en famille.

Elle baisse les yeux et fronce les sourcils, elle est clairement agacée. Je sens un malaise.

— Tu fais la tête ?

— Bah non, pourquoi ? C'est juste que je pensais faire partie de la famille, mais apparemment je me trompe.

— Ne le prends pas comme ça. On ne se retrouve pas souvent tous les cinq à la maison, et on fait la même chose tous les ans pour l'anniversaire de ma mère.

— T'inquiète, pas de problème. Simplement, je n'imaginais pas me retrouver toute seule un samedi soir.

— Appelle Antonio et Alice, ils ont peut-être envie de sortir !

— Non, ça va bien, merci. On les a déjà vus hier soir, j'ai ma dose.

— Tu as un problème avec eux ?

— Non, c'est juste que « point trop n'en faut », comme on dit.

Je suis choquée par ce qu'elle vient de sortir sur nos amis et je ne peux pas m'empêcher de rétorquer :

— Oui, c'est ça, point trop n'en faut, ça s'applique aussi pour nous deux, c'est pour ça que je reste avec ma famille ce soir.

Elle m'assassine du regard… Ce même regard que j'ai vu hier soir en boîte. Je sens qu'il faut que je me rattrape au plus vite pour éviter la crise.

— Détends-toi, je plaisante ! C'est une blague !

Trop tard, le froid s'est installé. J'essaie de remettre un peu d'enthousiasme dans nos échanges.

— Hé ! ma chérie, tu sais ce qui nous manque pour une rentrée parfaite ?

— Quoi ?

— Un nouveau sac !

On finit rapidement nos boissons et muffins pour trouver nos petites merveilles dans les allées du centre commercial. Ouf ! Je l'ai échappé belle sur ce coup-là...

Nous passons un moment très agréable en famille, ce soir-là. Ma mère est enjouée, ravie de ses cadeaux. Il faut dire que, pour ses cinquante ans, on a mis le paquet : une montre de luxe ainsi que des boucles d'oreilles sur lesquelles elle lorgnait depuis longtemps. Tout le monde est un peu fatigué et, à 22 h 30, on est déjà tous au lit ! Cela me convient tout à fait, je sens que j'ai besoin de calme. Affalée sur mon matelas, je n'ai pas oublié le petit épisode embarrassant avec Paola tout à l'heure. Je lui envoie un message.

Ça va, ma puce ? Alors, ça dit quoi ce soir ? Moi je suis déjà au lit ! Je viens te chercher lundi matin ?

Elle me lâche un « vu » mais ne me répond pas tout de suite. Ni cinq minutes après. Ni une heure plus tard. Bon, là c'est sûr, elle boude. Je ne comprends pas pourquoi elle réagit comme ça mais je décide de ne pas insister. Je voulais juste parler avec mon amie…

Emma, elle, est toujours là, au moins.

NOTES ••• OK

Coucou Emma,

Encore un moment compliqué avec Paola aujourd'hui. Je ne m'explique pas ces tensions qui s'installent entre nous. La journée partait bien, pourtant. Est-ce moi qui ai changé ? Je n'en ai pas l'impression. Ou alors j'ai grandi, peut-être, et je ne me laisse plus faire comme avant. Une fois de plus, je vais oublier, passer à autre chose, mais je trouve son comportement injuste. J'aimerais surtout arrêter de me prendre la tête avec ces gamineries. Je dois penser à mon avenir, à mes études, je veux être sereine mais je n'y arrive pas. La situation entre Paola et moi est comme un nuage gris qui plane au-dessus de ma tête. J'espère que ça va s'arranger sinon j'ai peur pour la suite, peur pour notre amitié. Je pense qu'il faudrait qu'elle rencontre un mec, elle se focaliserait sur autre chose que moi. Mais oui ! Elle est là, la solution ! Je me mets au travail dès lundi ! Merci, Emma, te parler me redonne espoir.

En ce dimanche matin, je me sens en pleine forme et décide de m'attaquer au rangement de ma chambre : j'aime que tout soit net et à sa place pour avoir les idées claires. J'ai une légère tendance bordélique mais, à chaque rentrée, je remets tout en ordre, comme pour repartir à zéro. Je sais que Paola fait ça tous les ans aussi, même si elle se laisse rarement aller au bazar. Je me demande si elle fait la même chose que moi en ce moment... Si elle a envie de me le dire, elle me le dira, je ne compte pas lui renvoyer un message.

J'extrais des étagères mes petites vestes automnales pour les replacer sur cintres, afin qu'elles soient à portée de main. Je refais certaines piles, rapproche les hauts un peu plus chauds en prévision de l'hiver. La penderie et l'ensemble de mon dressing sont au top, plus rien ne dépasse ! Je me décide aussi à préparer mes affaires pour la rentrée de demain. Un bloc, des feuilles et des stylos tout neufs suffiront. Je les engouffre dans mon nouveau sac, et suspends mon geste deux petites secondes : j'adore sentir l'odeur du neuf… Tout est prêt, j'ai le reste de la journée pour m'occuper de moi ! J'enfile mon survêtement réconfortant et je descends les escaliers, j'entends du bruit en bas, mes parents sont en train de rire avec mes sœurs tout en préparant le barbecue dominical, sûrement le dernier de la saison. Nous nous installons dans le jardin et je profite du moment ; je suis bien, relaxée, portée par mon cocon familial. Mes grandes sœurs Sylvia et Leanor mettent l'ambiance, ce sont deux boules d'énergie, elles ont le sourire en permanence et sont très complémentaires ; malgré tout, il y a toujours une place pour moi. Elles ont tendance à me considérer comme « la petite », mais c'est surtout dans le but de me protéger, jamais pour me rabaisser. Lorsque j'ai un copain, je suis davantage stressée de leur présenter à elles qu'à mes parents ! Je les adore, j'aimerais vraiment passer plus de temps avec elle cette année, et peut-être un peu moins avec Paola… J'entends la sonnerie de mon téléphone resté dans la cuisine mais je n'ai pas envie d'aller le chercher, aujourd'hui est un jour *off*. Le repas terminé, je me prélasse sur une chaise longue et profite des rayons du soleil au bord de la piscine, je ne vois pas de meilleure façon d'aborder la rentrée !

Quand l'humidité du soir commence à tomber, je monte dans ma chambre et m'installe devant une série que je ne suis pas vraiment. J'en profite pour checker les messages qui ont fait vibrer mon téléphone toute la journée. Rien de très surprenant, juste Antonio et Alice qui alternent entre blagues et « stress de prérentrée ». En revanche, je n'ai aucune nouvelle de Paola. Cela ne m'inquiète pas plus que ça, ou plutôt : je décide de ne pas m'en soucier. J'ai hâte d'être demain, à cette idée une sensation étrange qui oscille entre excitation et pressentiment m'envahit. J'ai l'impression que cette rentrée sera importante pour ma vie, qu'il va m'arriver de grandes choses, des bouleversements, certes, mais qui s'avéreront positifs…

J'ouvre les yeux à 7 h 30, avant mon réveil. Je me sens remplie d'une belle énergie, prête à tout affronter ! Je m'habille avec la tenue que j'ai prévue pour ce grand jour, je me regarde dans le miroir et trouve que cette robe-salopette me fait une silhouette d'enfer ! Je suis « sexy-sans-en-avoir-l'air », juste ce qu'il faut pour me donner de l'assurance. J'attrape mes affaires, je salue à peine mes parents et fonce jusqu'à ma voiture. Me voilà arrivée après à peine quinze minutes de route ; j'ai bien fait de prendre de l'avance, les places semblent chères devant le campus ! Initialement, Paola et moi avions prévu d'y aller ensemble mais, étant donné que je n'ai pas eu de nouvelles hier, j'ai laissé tomber l'idée. Et puis, cela me fait plaisir d'arriver seule à la fac, je me sens indépendante, adulte, sûre de moi...

Je pénètre dans l'enceinte de l'établissement ; à l'intérieur, c'est l'effervescence ! Je constate que les membres du bureau des études ont installé une grande table avec des tréteaux au milieu du hall. Je prends place dans la queue pour les atteindre, j'aimerais m'inscrire à certaines options, notamment les mathématiques. J'ai toujours détesté cette matière mais j'ai vu que cela pourrait m'être très utile pour les cours de statistiques, je n'ai pas envie de me sentir larguée dès le premier semestre. Je souhaite aussi approfondir mes notions de philosophie, je veux pousser ma réflexion au maximum pour me spécialiser en psychologie sociale. Je sais que c'est vraiment mon domaine : j'adore analyser les comportements humains au sein d'un groupe, je trouve ça passionnant ! C'est également le cours qui intéresse particulièrement Paola. J'ai beau regarder partout, je ne l'aperçois pas dans la file... En revanche, je vois bien ce garçon qui passe devant moi l'air de rien ! Je l'attrape au vol :

— Ça va ? Je ne te dérange pas trop ?

— Pardon ? Tu me parles ?

— Tu crois que je vais te laisser me doubler comme ça ?

— Je suis désolé, je ne t'avais pas vue ! Il doit te manquer quelques centimètres...

Il se prend pour qui, lui ? Il me double et il m'attaque sur ma taille ! Pauvre type ! Quand il remarque mon air vexé, il prend une voix plus douce :

— Je plaisante et, vraiment, je suis désolé, je suis un peu pressé et j'ai tenté de gruger... Vois le côté positif, ça nous a permis de nous rencontrer...

Non, Maya, ne rougis pas, ne rougis surtout pas, me dis-je. Je dois avouer qu'il est charmant et assez troublant. Je ne me démonte pas pour autant et réponds :

— Je te trouve un peu trop sûr de toi !

— Relax, je te propose un truc… Il nous reste quoi… cinq minutes à attendre ? On les passe ensemble et je t'assure que tu ne m'en voudras plus. Tu es OK ?

Son culot me fait rire, et je n'ai pas envie de me prendre la tête le premier jour. Nous passons donc ces fameuses cinq minutes tous les deux, il me raconte qu'il s'appelle Pablo, qu'il vient de Marbella et qu'il ne connaît pas encore grand monde ici. Il est hyper intéressant et a beaucoup d'humour, je bois ses paroles, à tel point que je ne m'aperçois même pas que c'est enfin notre tour ! Nous prenons tous les documents dont nous avons besoin et parvenons à nous inscrire à quelques options. Visiblement, Pablo et moi serons ensemble en maths. Nous devons maintenant partir chacun de notre côté, lui sur la gauche, moi sur la droite. Ces quelques minutes passées ensemble ont filé à toute vitesse et on ne sait pas trop comment se dire au revoir. Je me lance :

— Bon, bah, salut !

— À plus tard, Maya ! Je suis content que tu sois ma première rencontre ici. On se fait une soirée à l'occase ?

— Si tu veux, pourquoi pas.

— Pour ça, je vais avoir besoin de ton numéro...

— Dis donc, tu prends la confiance, toi ! je lâche en souriant.

J'attrape son téléphone et j'y enregistre mon numéro.

— Merci ! À très vite alors !

Il s'éloigne puis m'interpelle à nouveau :

— Maya ?

— Oui ?

— Canon, ta robe ! J'adore ton style !

J'éclate de rire, troublée. Mais... c'était quoi, ça ? Cette rencontre improbable ? Je me sens complètement perturbée et ne peux m'empêcher d'avoir un sourire bête sur le visage. J'avais pressenti qu'il allait m'arriver de grandes choses...

Je tente de reprendre mes esprits en étudiant le plan du campus. Mon premier cours magistral commence dans dix minutes. Je hâte le pas et tombe soudain sur Antonio... et Paola ! Comme à son habitude, Antonio me saute dans les bras, tandis qu'avec Paola c'est... comment dire... un peu plus frisquet. Je tente de crever l'abcès :

— Je ne savais pas trop si tu voulais que je vienne te chercher...

— C'est bon, t'inquiète, je me suis débrouillée...

— Tu as pu t'inscrire à des options ?

— Je ferai ça après le cours, je n'ai pas eu le temps ce matin, vu qu'il m'a fallu une demi-heure pour venir...

Pourquoi cette pique ? Elle n'avait qu'à me demander de venir la chercher ! Heureusement, Antonio est là pour nous dérider, il a rencontré un mec samedi soir et nous raconte son expérience en détail. Paola et moi nous regardons et explosons de rire devant le récit délirant de notre ami. Les portes de l'amphithéâtre s'ouvrent, nous entrons au plus vite pour choisir nos places. Je suis subjuguée par l'endroit.

— C'est beau, c'est majestueux... Vous ne trouvez pas ?

— C'est surtout vieux et mal entretenu, réplique Paola.

— Je ne sais pas... Ma première impression est que ces strapontins grincent plus que le lit de ma dernière conquête ! lance Antonio.

Je stoppe net la conversation quand je vois Pablo descendre les marches entre les rangées ; il s'installe, seul, à quelques mètres de moi, en diagonale. Il me fait un clin d'œil, je lui réponds par un sourire. La scène n'échappe pas à mes amis.

— Ouuuuh... La petite coquine... Tu ne nous as pas tout raconté, hein ? m'interroge Antonio, tout excité.

— Ben, dis donc, tu n'as pas perdu de temps ! me jette Paola.

Oui, et toi aussi il faudrait que tu te mettes à penser à un mec, tu me lâcherais un peu comme ça ! Bien sûr, je ne l'ai pas prononcé tout haut mais seulement pensé. Je dois rester de marbre face à ces petites attaques et retrouver mon état d'esprit positif : tout va bien se passer.

CHAPITRE 3

Ça ne s'est pas bien passé du tout ! Paola me soûle ! Elle a passé quasiment l'intégralité de la séance à me poser des questions sur Pablo et à faire des sous-entendus négatifs sur lui. « Comment l'as-tu rencontré ? Il vient d'où ? Qu'est-ce que vous vous êtes dit ? Il a l'air d'un dragueur, non ? D'où il se permet de commenter ta tenue en plus ?... »

J'ai envie de m'arracher les cheveux ! En plus, ce premier cours avait l'air passionnant ! Le prof nous exposait les différents aspects de la psychologie, les catégories qu'elle regroupe : le social, le comportemental, le cognitif... À cause de l'interrogatoire de Paola, je n'ai quasiment rien suivi ! Je sors de l'amphithéâtre en furie, je suis excédée, et décidée à avoir une discussion franche avec elle. Antonio voit bien qu'il y a un malaise :

— Bon, les filles, on déjeune ensemble pour débriefer ? Il faut qu'on teste la cafèt' !

— Je n'ai pas faim du tout, dis-je en regardant Paola droit dans les yeux.

— Ah bon ? On ne va pas rentrer chez nous maintenant quand même ? C'est le premier jour !

— Antonio, je suis désolée mais j'aimerais bien que tu nous laisses toutes les deux.

Paola réagit aussitôt :

— Trop bien ! Un petit burger entre nous en amoureuses ! À l'ancienne ! lance-t-elle avec un enthousiasme que je ne lui avais plus vu depuis ces derniers jours.

— Je dois te parler.

Antonio comprend rapidement qu'il ne doit pas insister. Enfin, rapidement... Il essaie tout de même de nous convaincre pendant quatre ou cinq minutes... C'est Antonio, quoi ! Finalement, constatant que ses efforts sont vains, il nous salue et s'en va de son côté. Paola et moi marchons l'une à côté de l'autre jusqu'à la cafétéria du campus. Nous n'échangeons pas une parole sur le chemin, Paola est tendue et se demande certainement à quelle sauce elle va être mangée, tandis que moi je réfléchis. Je respire à fond et tente de trouver les bons mots. Ce que j'ai à lui dire n'est pourtant pas compliqué, en une phrase elle pourrait comprendre : j'étouffe, tu es trop sur mon dos ! Mais non, les relations humaines ne sont pas si simples, c'est bien pour cela que je fais des études de psychologie. Eh bien, il est temps de mettre à profit mon premier cours, même si je n'ai pas réussi à le suivre !

Nous arrivons au self, je m'attendais à une atmosphère assez froide, blanche, similaire à celle d'une cantine d'hôpital, mais en fin de compte l'ambiance y est chaleureuse et conviviale. Il y a évidemment des tables et des chaises, mais elles ne rencontrent pas un franc succès. Les étudiants ont pris d'assaut les fauteuils cosy près des baies vitrées. Nous commandons chacune un café latte – aucune des deux n'invite l'autre, bizarrement – et réussissons à nous installer autour de la dernière table basse disponible. La vue est agréable, les vitres ont été tellement bien nettoyées pour ce premier jour que nous avons l'impression d'être à l'extérieur, dans les jardins, installées sur les pelouses fraîchement tondues. C'est évidemment à moi d'initier la conversation ; elle me met la pression de son regard bleu profond, elle semble avoir repris du poil de la bête. Finalement, elle attaque :

— Alors, qu'est-ce que tu as à me dire ?

— Paola, je crois qu'il faut qu'on mette les choses à plat avant de démarrer l'année.

— Qu'est-ce que tu veux dire ? Tu sembles avoir du mal à trouver tes mots... C'est bien la première fois que tu aurais peur de me parler !

— Tu vois ? C'est exactement *ça* que je te reproche ! Depuis quelque temps, tu cherches à avoir l'ascendant sur moi, à contrôler tout ce que je fais ! Et encore, je dis « depuis quelque temps », mais je me demande si ce n'est pas depuis toujours en réalité ! Tout à l'heure en cours, tu as été insupportable avec moi juste parce qu'un mec m'a souri ! L'autre soir en boîte, tu m'as fait la gueule sous prétexte que je ne m'occupais pas de toi ! Et samedi alors ? On n'en a pas parlé, mais tu as vu ta réaction quand je t'ai dit que je restais en famille pour fêter l'anniversaire de ma mère ? C'était comme si je t'avais annoncé que je t'abandonnais ! Tu te rends compte à quel point c'est disproportionné ? Mais merde, Paola ! Qu'est-ce qui t'arrive ? Je n'en peux plus ! Je n'en peux plus de culpabiliser dès que je ne vais pas dans ton sens ! Tu sais de quoi tu as besoin ? D'un mec, d'un mec et encore d'un mec ! Au moins, tu focaliserais ton attention sur quelqu'un d'autre et tu me foutrais la paix !

Paola est bouche bée. Elle hallucine de ce qu'elle vient d'entendre et, moi, j'hallucine de ce que je viens de dire. Elle a les yeux brillants, un mot de plus et elle fondrait en larmes, c'est certain. Peut-être suis-je allée trop loin... En même temps, il fallait bien que je lui dise les choses... Pourquoi ne répond-elle pas ? Pourquoi met-elle si longtemps à réagir ? Les secondes sont interminables. Elle détourne le regard, et je vois les larmes que je redoutais tant glisser le long de ses joues. J'attends un instant et je tente un rapprochement.

— Paola, ma puce... Mon but n'est pas de te faire de la peine...

Je me penche vers elle et pose délicatement ma main sur son bras. Elle la rejette d'un geste sec.

— Euh... C'est violent comme réaction, non ?

— Pas plus que tes paroles, me rétorque-t-elle, les yeux rougis.

— Au temps pour moi. Tu as raison, je me suis peut-être un peu emportée, mais c'est à cause de l'accumulation des événements. Tu dois reconnaître que tu ne m'as pas épargnée ces derniers jours ! Alors, oui, la forme était sans doute maladroite, mais le fond est légitime.

Soudain, la froideur de Paola laisse place à de vrais sanglots. Je viens m'asseoir près d'elle et l'entoure de mon bras.

— Paola, je ne veux pas te faire pleurer, tu es ma meilleure amie, ma sœur… Je t'aime, c'est bien pour ça qu'il vaut mieux nous expliquer clairement pour éviter de gâcher notre relation. Allez, calme-toi, ce n'est pas grave. C'est sûrement une question de petits ajustements à faire mais on va y arriver.

— Pardon, Maya, pardon. Il y a tellement de choses qui changent en ce moment. Je ne t'ai pas tout raconté mais mes parents parlent de divorce, l'ambiance est horrible à la maison, j'essaie de préserver un maximum mes petites sœurs mais, moi, personne ne me préserve, je suis juste fatiguée et je me sens seule.

— Mon Dieu, Paola, mais pourquoi tu ne m'en as pas parlé ? !

— Parce que tu me permettais de m'évader de tout ça, de penser à autre chose. Mais plus le temps passe et plus j'ai l'impression que tu veux m'abandonner toi aussi. Avant que tu m'engueules à nouveau, sache que ce n'est pas un reproche, c'est ce que je ressens et ça me fait peur. Je sais bien que cela peut te paraître excessif, mais je ne peux pas m'en empêcher. Je suis désolée, vraiment désolée. Je ne veux pas te perdre.

— Moi non plus, je ne veux pas te perdre. Tu aurais dû te confier à moi bien avant, j'aurais compris beaucoup de choses.

— Mais s'il te plaît, ne me laisse pas.

Elle m'émeut, j'ai envie de pleurer moi aussi. Comment avons-nous pu garder tout ça pour nous ? Si nous nous étions parlé sincèrement dès notre retour de vacances, nous n'en serions certainement pas là.

— Te laisser ? Tu as la mémoire courte : « Jamais Maya sans Paola », tu te souviens ?

Front contre front, nous nous prenons dans les bras en fermant les yeux, soulagées toute les deux d'avoir vidé notre sac. Je caresse ses cheveux, elle caresse les miens. Cet amour entre nous est si fort, nous nous faisons implicitement la promesse de ne plus risquer de le perdre. Elle sèche ses larmes et me dit avec le sourire :

— Bon, on se le fait ce burger ? Je t'invite ?

— Alors, oui… Mais je pense que je vais quand même rappeler Antonio, je l'ai un peu viré comme un malpropre tout à l'heure !

— Ah, ça… Tu l'aurais chassé à coups de pied au cul, c'était la même ! lance-t-elle en riant aux éclats, les yeux embués.

De retour à la maison, mes sœurs sont impatientes de savoir comment ma journée s'est déroulée. Je feins l'enthousiasme mais je n'ai pas vraiment le cœur à ça. Je décide de prendre un bain pour me détendre, j'ai besoin d'un moment rien qu'à moi. Je tourne le mitigeur sur la position la plus chaude et verse une dose généreuse de mon gel douche parfumé à la fleur d'oranger, j'allume mon enceinte et programme le dernier album d'Imagine Dragons. Le volume est bas, j'ai envie de douceur. Au bout d'une dizaine de minutes, je me plonge dans l'eau bouillante et me laisse lentement envelopper par la mousse. La vapeur caresse mon visage, je me sens bien, je ne veux plus réfléchir… J'ai dû somnoler quelques minutes, je me redresse en sursaut lorsque j'entends mon père crier dans l'escalier : « À table ! » Dommage, cela me faisait du bien de ne penser à rien, j'avais besoin de me vider la tête.

Le repas rapidement expédié, je retourne dans ma chambre, je songe à Paola, à sa détresse...

NOTES ••• OK

Hello Emma,

Je m'en veux et j'ai honte ce soir. J'ai l'impression de n'avoir pensé qu'à moi. Cela fait des jours que je ne cesse de critiquer Paola, alors qu'elle a de gros problèmes. Une véritable amie aurait dû les déceler, je n'ai pas été cette amie. Je croyais que Paola était jalouse, voire possessive, elle est juste un petit chat qui a peur d'être abandonné. Aujourd'hui plus que jamais, elle a besoin d'être choyée, entourée, de sentir qu'elle a une famille, des gens qui l'aiment et sur qui elle peut compter. Je vais me rattraper, je vais m'occuper d'elle et...

Mon téléphone vibre dans mes mains, c'est un message d'un numéro que je ne connais pas.

Bonsoir, Doc Martens.

Sur le coup, je ne comprends pas… Puis je reçois un deuxième message du même expéditeur.

Quand est-ce qu'on se refait une file d'attente ?

Ça y est, je percute !

Salut, Pablo ! Comment ça va ?

Plutôt bien, j'ai fait une rencontre sympa aujourd'hui…

Ah oui ? Ravie pour toi !

Oui, une fille plutôt agressive au premier abord mais finalement elle est très cool.

Peut-être l'avais-tu embêtée...

Moi ? Nooon ! Depuis le temps que tu me connais, tu sais bien que je suis un gentleman ! En plus, j'ai l'intention de l'inviter à une soirée, c'est classe ça, non ?

Tout dépend de la soirée. Pas sûr qu'elle soit d'accord…

Je ne sais pas pourquoi j'ajoute ces trois petits points à la fin de ma phrase, je l'ai fait de manière automatique. En soi, cela ne veut rien dire de spécial, mais je trouve que cela rend mon message ambigu. Tant pis, c'est fait... Mais comme par hasard, c'est là qu'il met du temps à répondre ! Il faut que je me calme, on dirait une vraie gamine ! Sa réponse arrive.

> Soirée de rentrée jeudi juste à côté du campus... Elle dira oui, tu penses ?

Il ne doit pas croire que je suis accrochée à mon téléphone, dans l'attente du moindre de ses messages, même si c'est le cas ! J'attends le délai raisonnable de dix minutes pour répondre.

> Une soirée de rentrée ? Elle ne loupera sûrement pas ça. Quelle heure ?

Nous nous renvoyons la balle de cette manière pendant encore une bonne demi-heure, et c'est très agréable. La nature de cet échange reflète bien notre rencontre, de l'humour, de l'ironie, du second degré, agrémentés d'une pointe de séduction. Je ne peux pas le nier, il me fait de l'effet ! J'ai un sourire gravé sur le visage, impossible de m'en défaire. Pablo accapare mon esprit ce soir, j'en oublie la situation de Paola et, ça, ce n'est pas bien. Elle a besoin de moi et de toutes mes pensées, je culpabilise tellement de ne pas culpabiliser ! En même temps, je peux bien m'accorder une petite récréation, Paola ne m'en voudra pas d'avoir la joie de vivre… C'est au milieu de mes contradictions que je choisis de me coucher, et quelque chose me dit que je vais faire de beaux rêves…

Le lendemain matin, j'ai rendez-vous avec Paola devant le bâtiment principal pour un cours de deux heures de psychologie clinique, autant dire que les choses sérieuses commencent. Nous nous apercevons de loin, chacune à une extrémité du couloir, nous marchons lentement l'une vers l'autre en nous souriant. Elle a choisi ce jour pour porter sa tenue de rentrée, le bleu lui va si bien. Malgré l'épreuve qu'elle traverse, je la trouve resplendissante ! Arrivées l'une en face de l'autre, nous ne pouvons nous empêcher de nous faire un gros câlin.

— Ça va, ma puce ? La soirée s'est bien passée chez toi ? Pas trop de tensions ?

— Oh ! tu sais… on s'habitue à tout. C'est glacial depuis tant de semaines à la maison… Personne ne se parle, à part peut-être mes petites sœurs de temps à autre quand elles ne pleurent pas.

— C'est affreux, je suis tellement triste que tu vives ça… Tu ne crois pas que ça pourrait s'arranger ?

— J'en doute… Je pense que mes parents ont atteint un point de non-retour. Ils ont de la haine dans les yeux quand ils se regardent, et nous… Nous sommes au milieu de tout ça, de cette ambiance de merde. J'essaie d'apporter un peu de joie et d'optimisme à Loana et Clémencia, mais parfois je manque de courage. J'ai l'impression que je n'ai plus les épaules assez larges.

— Mais si, bien sûr ! Tu es un peu découragée en ce moment, c'est normal, ça va passer ! Tu es l'une des filles les plus fortes que je connaisse, toujours là pour protéger et aider les gens que tu aimes ! Je te fais confiance pour t'en sortir et pour protéger tes sœurs, je n'ai pas de doute là-dessus, tu verras, ça va aller…

— Ma Maya, heureusement que je t'ai, qu'est-ce que je ferais sans toi ?

— Sûrement la même chose qu'en ce moment mais en moins fun ! Allez viens, on va en cours.

Nous entrons dans la salle bras dessus bras dessous. La professeure nous dit bonjour et nous invite à nous installer. Mme Martinot est française mais s'exprime dans un espagnol sans accent. Il s'agit d'une superbe blonde dotée d'une élégance naturelle. Vêtue d'un chemisier rouge vif, elle est lumineuse, avenante, et nous donne tout de suite envie de l'écouter attentivement. Elle nous présente le thème que nous allons étudier ensemble durant ces prochaines semaines : le mensonge et le besoin de mentir. Ses premiers mots me happent, ce cours s'annonce absolument passionnant ! Mme Martinot partage l'une des définitions du mensonge et je la note soigneusement sur ma feuille : « L'action de mentir est le fait de dire sciemment quelque chose de contraire à la vérité, le but est de tromper l'autre ou de le flatter. » Elle nous explique que l'important est de déterminer les motivations qui poussent un individu à mentir, il semble évident que c'est dans le but d'obtenir quelque chose de précis de la part de la personne qui est trompée. Celui ou celle qui ment trouve également un intérêt à transformer la réalité en vue d'impacter son interlocuteur, de capter son attention pour avoir une certaine prise sur son esprit.

— Ainsi, le locuteur peut se faire passer pour une victime afin, notamment, d'attendrir l'interlocuteur. Nous sommes ici devant un cas typique de mensonge. Vous en avez des exemples au quotidien : une personne qui arrivera en retard au travail ou en cours et expliquera qu'un de ses proches est très malade.

C'est dingue de constater à quel point l'être humain peut être tordu ! Au-delà du mensonge, je pense personnellement qu'il y a un problème de conscience, comment le menteur ou la menteuse peut se regarder dans une glace ? Cela me dépasse. Cependant, je me fais la réflexion que j'ai vraiment bien choisi ma voie, ces sujets me transcendent, me donnent envie de me dépasser, de comprendre, j'ai la conviction aujourd'hui que je ferai une très bonne psychologue, en toute modestie !

Fin du cours, je m'aperçois que Paola n'a pris quasiment aucune note. La pauvre, elle doit avoir la tête ailleurs. Alors que nous rangeons nos affaires, je me dis qu'il faut remettre du peps dans sa vie et j'ai une idée...

— Paola, tu fais un truc jeudi soir ?

— À part me coucher à 20 heures, tu veux dire ?

— Laisse tomber ton pyjama grenouillère, je t'emmène en soirée !

— En soirée ? Où ça ?

— Juste à côté d'ici, c'est une soirée étudiante.

— Sérieux ? Tu as été invitée ? Par qui ?

— Tout le monde est le bienvenu dans ce type de soirée ! Mais oui, j'ai été invitée par le type charmant de l'autre fois... Tu sais, celui qui me souriait hier dans l'amphi.

— Ah oui, je vois. Tu parles avec lui, alors ?

— Oui, et franchement, je l'aime bien.

— Ouais, chacun ses goûts, mais pour la soirée, pourquoi pas ! J'ai besoin de me changer les idées.

— Je m'en doute. Je t'enverrai un message avec l'adresse, on se retrouvera directement sur place.

— OK, ça marche. On passe à la cafèt' ?

— Non, je suis désolée, ma puce, j'ai un cours maintenant. Je me suis inscrite en maths.

— En maths ? Toi ?

— Oui, je sais, quand on me connaît, c'est très bizarre ! J'ai envie de me perfectionner dans les statistiques, il faut vraiment que je me remette à niveau. On s'appelle tout à l'heure ? J'y vais, bisous !

Quelques minutes après le début du cours, le constat s'impose : rien n'a changé, les maths, c'est toujours aussi barbant. Pourtant, le prof y met du cœur mais, je n'y peux rien, les chiffres, les formules, je n'y comprends rien, mon cerveau ne semble vraiment pas fait pour ça. Je n'arrive pas à me concentrer, mon esprit vagabonde... Je pense à Paola, à ses petites sœurs qui doivent tellement souffrir... Je pense à Pablo aussi, je m'attendais à le croiser ici mais il a dû tomber sur un autre module ; j'ai hâte de le voir, jeudi soir...

Je profite du mercredi où je n'ai aucun cours de prévu pour remettre de l'ordre dans mes notes et relire tout ce que j'ai écrit depuis lundi. Pour le moment, tout va bien, je gère et me sens à ma place. Paola passe dans l'après-midi pour se détendre un peu. On se fait un petit thé tchaï au curcuma. Paola et moi apprécions tout particulièrement cet instant où nous découvrons la citation inscrite sur notre sachet. Pour moi, le mantra du jour est : « Laissez votre cœur vous guider. » Pas mal, je me sens prête pour ça !

— Et toi, Paola ? Ton mantra ?

— Ce sont des conneries, ces trucs-là !

— Qu'est-ce que tu racontes ? On adore ça ! Allez, montre !

Je regarde la petite étiquette et découvre le message : « Dites la vérité. »

— Ah ouais, carrément ! Je crois que le thé te prend pour une mythomane ! m'exclamé-je en riant.

Je pense que je vais arrêter les blagues, car Paola se renferme aussitôt ; elle n'est sûrement pas de très bonne humeur. Ce n'est pas grave, nous allons vite passer à autre chose, un autre de nos passe-temps favoris : nous vautrer sur le canapé et regarder pour la énième fois les épisodes de *Gossip Girl* avec une assiette de cookies. Ça, c'est de la détente pure ! Nous ne nous parlons pas beaucoup aujourd'hui, nous avons aussi besoin de moments comme ça, calmes, silencieux, pendant lesquels nous sommes tout de même complices. Avant de rentrer chez elle, Paola me demande si elle peut monter dans ma chambre afin de m'emprunter un haut pour la soirée de demain.

— Bien sûr, vas-y, et mets quelque chose avec de la couleur ! Ça te va tellement bien !

Elle me rejoint plus tard avec un sac de sport bien rempli.

— Tu as fait ton marché ou quoi ? dis-je pour la taquiner.

— Bah, oui, tant qu'à faire ! me répond-elle en souriant.

Alors que je suis toujours affalée sur le canapé, Paola vient me faire un bisou sur le front pour me dire au revoir.

— À demain !

— Bonne soirée, ma puce, on se voit direct à la fête ? Je crois qu'on n'a pas de cours en commun le jeudi… ?

— Non, en effet. Je te retrouve là-bas vers 20 h 30 ?

— Parfait !

En me couchant, je décide d'envoyer un message à Pablo, j'ai envie de ressentir ce petit frisson qui me parcourt le corps lorsqu'il me répond.

Salut, Pablo. J'ai proposé à ma meilleure amie de venir à la soirée demain. Ça ne te dérange pas ?

Hello, Doc Martens. Non, pas du tout, plus on est de fous, plus on rit !

Je vois qu'il est encore en train d'écrire. Mon téléphone sonne à nouveau.

Ta meilleure amie, c'est la fille qui était à côté de toi dans l'amphi lundi ? La blonde ?

Oui, c'est ça ! Elle s'appelle Paola. On dirait que tu l'as repérée, coquin !

Pas pour les raisons que tu crois. Heureusement que je ne suis pas du genre à me formaliser !

Comment ça ? Je ne comprends pas.

Tu n'as pas remarqué ? Elle a passé le cours à me fusiller du regard !

Le prends pas mal, elle a quelques problèmes perso en ce moment, ça m'étonnerait qu'elle ait quelque chose contre toi, elle ne te connaît même pas.

OK, pas de souci, j'espère juste qu'elle sera un peu plus détendue demain. En tous les cas, j'avoue que j'ai hâte de te revoir, jolie brune. Passe une bonne nuit.

Il est trop mignon. Je ne lui réponds pas mais, moi aussi, j'ai hâte de le revoir ! Une nouvelle fois, je m'endors avec le sourire et, ça, c'est vraiment cool !

Je ne commence qu'à 10 heures le jeudi. Je suis excitée à l'idée de retrouver l'ambiance du vieil amphithéâtre, je m'y sens... importante ! J'ai mal au poignet à force de prendre des notes, car je veux absolument tout retenir. Nous parlons de la méthodologie à appliquer en psychologie ; j'avais peur que cela soit rébarbatif, ce n'est absolument pas le cas : c'est génial ! Je passe le reste de la journée seule, je ne croise ni Antonio ni Paola ; à 17 heures, je suis déjà rentrée chez moi, j'ai un peu plus de deux heures pour m'occuper de moi et me pomponner. Je me fais un gommage du visage, suivi d'un masque rafraîchissant et hydratant, l'odeur d'huiles essentielles qui s'en dégage est forte mais envoûtante et relaxante. Après une bonne douche bien chaude, j'ouvre en grand les portes de mon dressing pour choisir ma tenue. En une seconde, je sais ce que je vais mettre : mon short noir en cuir et un T-shirt doré, très légèrement pailleté. Évidemment, je ne peux pas y aller sans mes Doc Martens, histoire de faire un petit clin d'œil à Pablo ! Je regarde l'heure : la panique ! Je me suis laissée aller, et je suis à deux doigts d'être en retard. Je cavale dans les escaliers, il ne me reste qu'à mettre mes chaussures. Mais… Où sont-elles ? Je ne les trouve pas ! J'étais persuadée de les avoir rangées sous l'escalier, je ne suis pas folle, je m'en rappelle très bien ! Mes sœurs n'ont pas pu me les prendre, elles ne rentrent pas dedans, elles font deux pointures de plus que moi ! Je n'ai plus le choix et surtout plus le temps de les chercher, je dois me rabattre sur le plan B : les fidèles baskets. Elles sont noir et doré, parfaitement accordées à ma tenue, mais ce ne sont pas mes Doc Martens. Je suis très énervée lorsque je monte dans ma voiture, je souffle un grand coup pour parvenir à me détendre et je continue à travailler ma respiration tout le long du chemin.

Arrivée sur place, j'entends les basses de la musique… Ce ne sera pas facile de discuter ! En même temps, je suis là pour faire la fête et pour voir Pablo. Je l'aperçois sur le porche de la grande maison où se déroule la soirée. J'ai l'impression qu'il m'attend. Il vient à ma rencontre et me prend dans ses bras, pas de grande effusion, juste un simple *hug*, rapide mais empli d'une certaine tendresse. Il garde son bras sur mon épaule pour m'accompagner à l'intérieur. L'ambiance est... incroyable ! Il y a du monde dans chaque recoin de la maison, l'entrée est blindée, le salon aussi, chaises et canapés ont été pris d'assaut, des couples s'embrassent, à moitié cachés par les portemanteaux surchargés. Nous avançons péniblement entre tous ces étudiants surexcités et sommes interrompus une bonne dizaine de fois par des gens de tout âge qui saluent Pablo ou le checkent. Il n'est là que depuis quelques jours et compte déjà beaucoup de relations ! En même temps, il est tellement sympa, il ne peut que se faire des amis... Il a toujours le sourire, un mot agréable ou une petite vanne à lancer. Au bout de quelques minutes, nous nous posons sur une marche de l'escalier, un verre de punch à la main, nous formons notre petite bulle, nous n'avons d'yeux que l'un pour l'autre, et je ressens des petits papillons dans mon ventre. Puis une voix familière me sort de ce moment précieux :

— Salut, Maya. Je suis venue avec Antonio, j'avais oublié de te prévenir.

Je me retourne et me fige immédiatement. Je n'en crois pas mes yeux ! Paola est devant moi, elle porte ma robe-salopette, celle que j'avais le jour de la rentrée. Je suis bouche bée lorsque mon regard descend le long de ses jambes... Elle a mes Doc Martens aux pieds. Je n'en reviens pas, je suis choquée. Pablo intervient :

— Alors, Maya, tu as perdu ta langue ? Tu me présentes tes amis ?

— Euh... Ou... oui, bien sûr...

Je bégaie complètement pour lui présenter Paola et Antonio. Certes, il ne s'agit que d'une tenue vestimentaire et d'une paire de bottines, mais tout de même, je ressens ça comme une provocation, je suis très mal à l'aise. Comment a-t-elle pu me faire ça ? Je n'ose pas lui rentrer dedans par peur d'être ridicule, se disputer pour une robe et des chaussures, cela semblerait vraiment superficiel. Et pourtant... C'est autre chose qui se joue.

Je ne la regarde pas dans les yeux pour éviter l'affrontement, je me contente d'être froide et de ne pas lui parler. De toute manière, je serais incapable de faire autrement. Je veux bien être gentille et compréhensive, mais je ne peux pas m'empêcher de penser qu'elle a été trop loin. Je suis sûre qu'elle a conscience du malaise qu'elle a installé entre nous mais elle agit comme si de rien n'était, elle boit, se déhanche, rit à gorge déployée. Pourquoi m'a-t-elle fait ça ? Elle semble s'amuser comme une petite folle tandis que ma soirée est gâchée. Je ne pense qu'à rentrer : après tout, je ne suis pas obligée de subir. Je préviens Pablo.

— Pablo, je suis désolée mais je vais rentrer.

— Déjà ?

— Oui, je suis fatiguée, vraiment. On se rattrapera la prochaine fois.

— Ce week-end alors ?

— Avec plaisir...

CHAPITRE 4

Je monte dans ma voiture comme une furie, énervée contre tout et tout le monde. Calée dans mon siège et enfin seule, je me sens comme abasourdie. Je ne mets même pas le contact, je repense à cette soirée improbable et à la désinvolture de Paola. Mais c'est quoi son problème, bon sang ? ! Je ne sais pas si je suis en colère par rapport à ce que je considère comme une provocation de sa part ou alors si je suis vexée. Oui, c'est ça, je suis vexée de son manque de considération envers moi. Ma gorge est nouée, mon cœur bat fort et des larmes se mettent à piquer mes yeux. Je démarre finalement au bout de quelques minutes ; je roule comme un escargot, je n'ai pas envie de rester dans les environs du campus mais je n'ai pas non plus envie de me retrouver seule chez moi. Je tourne plusieurs fois autour de mon pâté de maisons avec Adele en fond musical. J'avoue qu'il y a mieux pour ne pas déprimer, mais c'est mon *mood* du moment. Je suis soudain éblouie par des phares en face de moi, je ralentis, l'autre véhicule fait de même pour s'arrêter à ma hauteur. C'est Alice. Elle ouvre sa fenêtre, je l'imite.

— Salut, ma chérie ! Qu'est-ce que tu fais là ? Tu ne devais pas aller à une soirée avec Paola ?

— Justement non, ce n'était pas avec elle que je devais y aller initialement mais, je te confirme, elle était bien là !

— Qu'est-ce qu'il se passe ? Tu as l'air en colère, vous vous êtes disputées ?

Alice tombe à point nommé. Je coupe le moteur et lui raconte tout. Elle ne réagit pas.

— Tu n'es pas choquée par ce que je te raconte ? Tu ne trouves pas qu'elle a abusé là, sérieux ?

— Je crois surtout que tu te fais une montagne pour pas grand-chose. Tu lui prêtes tout le temps tes fringues, alors pourquoi tu lui en veux ce soir particulièrement ?

— Mais parce qu'elle s'est déguisée en moi ! C'était une Maya bis ! Elle savait très bien que je venais de m'acheter cette tenue, elle était avec moi ! C'est *mon* style, et en ce qui concerne mes Doc, elle est au courant qu'il ne faut pas y toucher !

— Allez, calme-toi, c'est rien. Cela m'étonnerait qu'elle ait fait ça exprès pour t'énerver.

Alice essaie clairement de calmer le jeu, mais moi ça me rend complètement dingue. J'ai l'impression de passer pour une folle, et matérialiste en plus ! Je savais bien que je ne pouvais rien dire sans prendre le risque d'avoir l'air ridicule. Je voulais juste un peu de soutien pour m'apaiser et, finalement, on me prend pour une hystérique. Elle constate que je ne veux plus parler.

— Rentre chez toi, va te coucher et, je t'assure, ça ira mieux demain. Si ça se trouve, tu auras même oublié toute cette histoire. Fais-toi deux ou trois postures de yoga avant de dormir pour te détendre.

— C'est ça, bonne nuit.

Je redémarre en trombe, elle m'a énervée, elle aussi. Je t'en foutrais du yoga, moi ! Je m'en veux de penser cela d'Alice, après tout ce n'est pas de sa faute et, à sa place, j'aurais aussi tenté de réconcilier mes deux copines plutôt que de mettre de l'huile sur le feu. Je me gare et passe la porte d'entrée aussi discrètement que possible.

Mes parents sont probablement dans le salon, installés devant un bon film. Bingo. Ils sont bien là et m'ont repérée direct. Je n'ai pas du tout envie de répondre à leurs questions.

— Déjà rentrée ?

— Oui, et je vais me coucher, je suis claquée.

Je coupe court à tout éventuel début de conversation. Je n'ai pas été très sympa, mais je ne suis vraiment pas d'humeur à parler. Je monte dans ma chambre, me change et me glisse sous ma couette, seul endroit où personne ne me dérangera. Enfin, c'est ce que je pensais. Mon téléphone sonne, c'est un message de Paola :

Bah, dis donc, tu es partie comme une voleuse, tu ne m'as même pas prévenue.

Je décide de l'ignorer, mais elle m'envoie un autre message accompagné d'une photo :

C'est vraiment dommage, on s'éclate ici !

J'ouvre la photo, et je n'en crois pas mes yeux : c'est un selfie de Paola, collé-serré avec Pablo, *mon* Pablo ! J'hallucine complètement, je tremble de rage, je suis en train de bouillir. Je commence à rédiger ma réponse, quand un éclair de lucidité me rappelle qu'il ne faut jamais répondre sous le coup de la colère. Je choisis donc l'indifférence – du moins, c'est ce que je veux faire croire car, là, je suis remontée comme jamais !

NOTES (•••) OK

Emma,

J'ai le sentiment que je ne peux me confier qu'à toi ce soir. J'étais toute excitée par cette soirée avec Pablo et je comptais en profiter pour remonter le moral de Paola. Finalement, j'ai l'impression de m'être bien fait avoir. Je ne comprends plus Paola, on dirait qu'elle fait tout pour que je pète un câble. Est-ce vraiment une volonté de sa part ? Ou est-ce moi qui exagère, qui en « fais une montagne », comme me l'a si délicatement dit Alice ? Je me sens trahie et bête à la fois. Le motif de ma colère peut paraître futile. OK, elle avait ma tenue et mes chaussures, mais pour moi c'est beaucoup plus profond que ça. Elle me donne l'impression de vouloir prendre ma place. C'est comme si elle me disait : « Si tu ne m'appartiens pas, alors je serai toi. » Je ne suis pas encore assez avancée dans mes études de psychologie pour interpréter ce comportement... J'étouffe, j'explose, je deviens tarée ! J'ai repris les cours il y a seulement quelques jours et j'ai déjà envie d'être en vacances. J'aimerais tellement dire à Paola ce que je pense au fond de moi, mais elle est si susceptible que cela virerait au drame. Et puis, je n'oublie pas l'épreuve qu'elle traverse ces temps-ci, peut-être que ses soucis lui font perdre son discernement. Je le sais, je devrais lui laisser encore une chance et, surtout, c'est mon rôle d'être là pour elle tant qu'elle traverse cette tempête. Pour autant, j'ai du mal à passer outre, à nier ce que je ressens. Elle me rend dingue en ce moment. Et il y a Pablo aussi... Elle sait qu'il me plaît, alors à quoi joue-t-elle ? Je ne peux pas croire qu'elle se soit dit que j'allais apprécier un selfie d'elle avec mon potentiel futur mec ! Qu'est-ce que c'est si ce n'est pas de la provocation ? Demain, nous avons cours ensemble, je ne sais absolument pas comment je vais réagir. Ce n'est pas mon genre de me taire, mais je crois que là je vais devoir prendre sur moi.

Cela me fait du bien de parler à Emma. Mon cœur bat déjà moins vite. Je décide de descendre comme une petite souris dans la cuisine pour me faire une tisane « idées claires ». L'odeur de réglisse et cette pointe de chocolat m'apaisent déjà. Je remonte dans ma chambre et contemple les étoiles à travers la fenêtre de ma chambre. La nuit, le ciel m'aide toujours à relativiser, je me sens si petite quand je regarde la Voie lactée, mes problèmes me semblent minuscules à cet instant précis. Je ne finis pas mon infusion, je laisse un fond dans la tasse que je pose sur ma table de chevet, pour que ses arômes continuent de se libérer dans ma chambre. Je pense que je vais pouvoir m'endormir maintenant. Alice a peut-être raison finalement, sans doute que je verrai les choses différemment demain matin.

Je le confirme, elle avait raison. Je me sens bien mieux lorsque mon réveil sonne, à 8 heures pétantes. Je suis prête à affronter la dernière journée de la semaine avec une certaine dose d'optimisme. En général, ma tenue reflète mon état d'esprit du jour. Ce sera donc jean boyfriend aujourd'hui ! Besoin d'être cool et dynamique. Je l'assortis avec un débardeur couleur vert d'eau et une chemise blanche oversize. Une noisette de mousse coiffante dans la main, je triture mes cheveux pour leur donner un léger effet wavy. Je me maquille légèrement, juste histoire de me donner bonne mine, et me voilà prête. Alors que je m'apprête à franchir la porte, j'entends klaxonner devant chez moi et mon portable sonner en même temps, c'est Paola.

Je suis devant.

On dirait qu'elle fait des efforts, elle s'est quand même tapé un sacré détour pour venir me chercher. Je décide d'être moi aussi de bonne composition et je la rejoins. Je m'installe dans sa voiture et me penche pour lui faire une bise sur la joue. Je me cogne à ses lunettes noires.

— Je te préviens tout de suite, j'ai une petite gueule de bois et une grosse fatigue.

— C'est sympa d'être venue me chercher en tout cas.

— J'avais envie de te voir. C'est dommage que tu sois partie si vite hier, tu m'as manqué.

— Ah bon ? Tu avais pourtant l'air de bien t'amuser.

— Oui, ça va… Enfin, heureusement qu'Antonio était là.

— Et Pablo aussi ?

— Mouais, bof.

— Comment ça, « bof » ?

— Je ne comprends pas trop ce que tu lui trouves.

— Il est sympa, avenant et charmant.

— Il y en a d'autres qui le trouvent charmant apparemment.

— Comment ça ?

— Il n'a pas arrêté de brancher des filles toute la soirée.

À ces mots, je reçois un coup de poing dans le cœur.

— Sérieux ? Pourtant il veut que l'on se revoie ce week-end. En même temps, tu sais, il est très sociable et aime se faire des connaissances. Il ne connaît personne à la base, ici.

— Il s'est bien rattrapé alors !

— Mais vous avez un peu discuté ensemble, non ? De quoi avez-vous parlé ?

— De tout et de rien, on a dansé… D'ailleurs, il maîtrise ! Il danse très… « collé », c'était même un peu gênant parfois. Mais bon, t'inquiète, je sais que tu le kiffes, alors je n'ai pas poursuivi.

— À ce point-là ? Et pas un moment il ne t'a parlé de moi ?

— Non. Et si tu veux mon avis, ce gars n'est pas pour toi, mais bon, après, tu fais comme tu veux.

— Oui, là je suis d'accord avec toi, c'est un peu moi qui décide quand même !

— Je ne fais que te donner mon avis ! Je veux juste te protéger, tu as déjà eu tellement de déceptions, je ne veux pas que cela recommence. Tu mérites le meilleur, tu as le droit d'être heureuse.

— Je ne cherche pas à me faire passer la bague au doigt, je veux juste prendre du bon temps. Oh ! et puis on verra, parlons d'autre chose.

— Oui, parlons d'autre chose ! Que fait-on ce week-end ?

— Je t'ai dit, je dois voir Pablo ! Mais je peux lui donner rendez-vous ce soir, comme ça on se fait une soirée avec Antonio et Alice demain.

— OK, ça me va ! J'ai rencontré une fille hyper sympa hier soir, elle est en cours avec nous et elle organise une petite fête chez elle, on peut y aller tous les quatre ?

— Nickel ! J'envoie un message sur le groupe !

L'atmosphère se réchauffe un peu dans la voiture en prévision de notre future soirée, même si je n'arrive pas à oublier ce que Paola a dit sur Pablo. J'ai vraiment du mal à y croire. Certes, il semble sûr de lui et n'hésite pas à aborder un peu tout le monde mais, entre nous deux, il y a vraiment quelque chose, c'est palpable, j'en suis certaine. Et quand j'étais avec lui hier soir, il ne s'intéressait à personne d'autre, c'est un signe, non ? Je préfère rester sur mon opinion et ne pas écouter Paola. De toute manière, c'est à moi de faire mes propres expériences, et tant pis si je me casse la gueule.

Cela roule mal ce matin, nous arrivons à la fac à peine cinq minutes avant le début du cours. Nous courons pour être à l'heure, et c'est toutes essoufflées que nous nous installons à nos bureaux. Le professeur n'étant pas encore là, Paola en profite pour me présenter Ingrid, la fille qu'elle a rencontrée la veille et qui nous invite chez elle demain soir. Elle semble gentille, joyeuse, très agréable. Si ses invités sont à son image, la soirée s'annonce très cool. Tout le contraire de ce cours, en somme. C'est la première fois de la semaine que je n'arrive pas à me concentrer. Déjà une demi-heure que j'entends parler de statistiques descriptives et inférentielles, d'analyses de données… Je ne capte rien. Moi, c'est l'humain que je veux analyser. Décidément, les chiffres, ce n'est pas mon truc, il va vraiment falloir que je me perfectionne en mathématiques, ou je me retrouverai vite larguée. Les cours s'enchaînent et, franchement, je n'aime pas cette journée. Je le sens, j'ai les sourcils froncés, je suis de mauvaise humeur, j'ai besoin de retrouver le sourire, et je crois que je sais comment faire… J'envoie un message à Pablo :

Coucou toi, ça va ? Pas trop la gueule de bois ?

Il me répond immédiatement.

S'il y a un truc qui m'a soûlé, ce n'est pas l'alcool mais plutôt ton départ précipité. Sinon, comment vas-tu, jolie Maya ?

Et voilà, en deux secondes, j'ai retrouvé le sourire. Je lui réponds à mon tour.

Dispo ce soir ? On pourrait se faire un bar à tapas dans le centre…

Je suis ton homme ! Quelle heure ?

J'adore ce mec ! J'ai envie d'être avec lui, je ne pense qu'à ce soir, cela va être génial ! Il suffit de pas grand-chose pour égayer une journée, finalement. C'est l'heure du dernier cours. Je mâchouille mon stylo, les yeux dans le vague, à rêvasser aux vêtements que je pourrais porter ce soir. Clairement, j'ai envie de le séduire, mais je suis persuadée qu'il n'est pas fan des filles trop sophistiquées – il n'est pas du genre à se prendre la tête, ça se voit. Paola me ramène chez moi, visiblement sa gueule de bois n'est pas passée, elle semble d'une humeur massacrante, elle est crevée et n'a pas envie de me parler. Elle me dépose sans même couper le moteur.

— Je t'envoie un message pour te dire comment on fait pour demain. Je viendrai jusqu'à chez toi et on prendra un Uber, non ? Ça vaut mieux, on risque de picoler...

— Je croyais que tu ne voulais plus boire d'alcool après ta folle soirée d'hier ! dis-je pour la taquiner.

— Ah, c'est sûr, c'est ce que je pense aujourd'hui ! Mais demain est un autre jour..., me répond-elle avec un clin d'œil.

Je rentre à la maison et retrouve mes sœurs dans la cuisine. Elles me proposent un smoothie banane-ananas, je m'accoude au bar avec elles.

— Alors, Maya, le bilan de cette première semaine ? me demande Sylvia.

— Riche, très riche. Je sens que j'ai vraiment trouvé ma voie, certains cours me passionnent... mais tout ce qui est « chiffres », c'est une autre histoire !

— Tu galères toujours autant en maths ? rebondit Leanor.

— Carrément. J'ai peur que ça me bloque pour la suite.

— Ce n'est pas nous qui arriverons à t'aider ! prévient Sylvia.

Ça, je le sais bien. Mes sœurs sont plutôt du genre littéraire, Sylvia étudie la littérature anglaise tandis que Leanor poursuit sa formation dans le cinéma. Elle rêve de devenir metteuse en scène ou réalisatrice.

— Et à part ça ? me demande Leanor.

— Comment ça ?

— Quand même ! Tu as dû faire des rencontres, des copines, des copains...

Je me sens rougir légèrement ; évidemment,

elles n'ont pas manqué de le remarquer. Sylvia saute sur l'occasion.

— Aaaaaah ! J'en étais sûre ! Alors, comment il s'appelle ?

Je suis prise au piège, je dois leur raconter.

— Il n'y a rien de concret pour le moment mais c'est vrai que j'ai rencontré un mec, il s'appelle Pablo et il est... trop craquant !

— Il y a eu bisou-bisou ? demande Leanor.

— Oh ! ça va, tu me parles comme à une gamine ! je jette en riant. Non, il ne s'est encore rien passé, mais on doit se voir ce soir !

— Génial ! C'est donc pour ce soir ! insiste Leanor en mimant un baiser les yeux fermés.

— Pour ça, il faudra que Paola la lâche, lance Sylvia.

Leanor et moi la regardons avec des yeux ronds et l'interrogeons en chœur.

— Pourquoi tu dis ça ?

— On ne va pas se mentir, Maya, Paola ne te laisse pas beaucoup respirer. Je l'aime bien mais il ne faudrait pas qu'elle t'étouffe. Tu es dans une période charnière de ta vie, celle où tu dois te construire seule.

— Attends, Sylvia, c'est sa meilleure amie, c'est

normal qu'elles soient tout le temps ensemble, intervient Leanor.

— Je ne dis pas le contraire, juste qu'il ne faudrait pas que ce soit *trop*. Maya a besoin d'un peu d'indépendance.

Je ne peux pas m'empêcher de penser que ma sœur a raison, surtout au vu des derniers événements, mais je n'apprécie que moyennement que l'on me dise ce que j'ai à faire.

— Euh... pardon, les filles, mais... je peux en placer une ?

Sylvia me coupe.

— Ma puce, c'est pour toi que je dis ça, évidemment tu fais ce que tu veux ! J'ai juste envie que tu sois heureuse, que tu kiffes ta vie, et j'ai un peu plus d'expérience que toi, c'est pour ça que je te mets en garde.

— OK, mais comme tu l'as si bien dit, je fais ce que je veux, et pour l'instant tout va bien, je te remercie. Je sais faire la part des choses.

Sur le fond, je ne regrette rien mais, sur la forme, je parle avec une agressivité que je ne me connais pas. Sylvia a touché un point sensible visiblement et un malaise s'est installé. Je tente de rattraper le coup.

— Pardon, les filles, je crois que je suis un peu fatiguée de ma semaine.

Leanor, qui a toujours le bon mot pour détendre l'atmosphère, intervient :

— Une bonne galoche, une séance de tripotage avec ton Pablo, et tu auras retrouvé la forme, crois-moi !

Nous éclatons de rire toutes les trois et, comme d'habitude à la fin de nos conversations, c'est câlin général. Sylvia reprend les commandes.

— Allez, on file dans ta chambre faire de toi une bombasse pour ce soir !

— Comme si j'avais besoin de vous pour ça !

On court comme des petites filles jusqu'à ma chambre. J'aime ces moments où nous nous retrouvons toutes les trois sur mon lit à parler de fringues, des potes et des mecs. Ces instants privilégiés entre sœurs sont essentiels pour moi. Je lis la déception dans leurs yeux quand elles me voient sortir de mes placards un jean et un top blanc en dentelle plutôt sage.

— Mais tu fais quoi là ? Tu sors avec un mec ou tu vas à un baptême ? s'indigne Leanor.

— Je sens qu'il n'aime pas les nanas trop

« m'as-tu vu », il est vraiment décontract, et je ne veux pas avoir l'air de le draguer.

— Là, c'est sûr, il ne se doutera même pas qu'il t'intéresse !

— Faites-moi confiance, je sais ce que je fais !

Oui, je sais ce que je fais. Autant j'aime m'apprêter, me faire belle, mais pour *moi* ! Je ne veux plus me transformer pour plaire à quelqu'un, même s'il s'appelle Pablo… Quoique…

19 heures, je suis fin prête ! Pablo m'a envoyé un message me disant de le retrouver près de la fac. Je me mets donc en route, j'ai des petits papillons dans le ventre et un sourire niais collé sur les lèvres. Les kilomètres défilent, je ne suis plus très loin de lui, un vieux son passe à la radio, *Pure Shores* des All Saints, ça me fait littéralement planer. On dirait que les planètes sont alignées car je trouve une place tout de suite et repère Pablo au loin. Maintenant, le défi est de réussir mon créneau du premier coup sans m'afficher… Et si je restais plutôt en double file avec les *warning* ? Au moins, je ne prends pas de risques… Pablo s'approche de moi, il porte un sac à dos. Bizarre pour aller dîner… Il ouvre ma portière et me lance :

— Descends, jolie brune, et ne coupe pas le contact, c'est moi qui conduis ! Tu me fais confiance ?

— Euh... OK !

Je quitte mon siège et vais m'asseoir côté passager, il affiche un air mystérieux.

— On va où exactement ?

— Tu verras bien, il n'y en a pas pour longtemps.

— Je peux au moins savoir ce que tu as prévu ?

— Non, pas tout de suite. Tout ce que je peux te dire, c'est que ta tenue est parfaite pour l'endroit où nous allons.

Je comprends qu'il n'a pas l'intention d'aller au restaurant ; son look n'est pas à proprement parler négligé, mais on ne peut pas dire qu'il ait fait de gros efforts : un T-shirt un peu délavé et un jean... Je ne sais pas trop comment le prendre. Je suis tellement intriguée par son attitude que je ne pense pas à regarder les panneaux sur la route, je constate juste que l'on ne fait que monter. Au bout de quelques minutes, il se gare.

— Nous y sommes !

Il descend de la voiture et vient m'ouvrir la portière, j'ai l'impression d'être une princesse... en baskets ! Il récupère son sac à dos à l'arrière et me rend les clés de la voiture. Je vois une grande pancarte, nous sommes au parc du Cerro del Tío Pío. Se rendre dans un parc pour un premier rencard ? J'ai l'impression d'avoir quatorze ans, je suis un peu déçue, mais maintenant qu'on y est… Je le suis.

Nous marchons au moins dix bonnes minutes, il continue de sourire mais ne me dit rien. Soudain, il s'arrête au niveau d'un muret en pierres, ouvre son sac, en sort une petite nappe qu'il installe directement sur la roche. Il y dispose un plateau de sushis, des verres et une bouteille de vin blanc. C'est adorable mais, les pique-niques, ce n'est vraiment pas mon truc, je pense être un peu trop « urbaine » pour cela.

— Tu as donc prévu un pique-nique ?

— Non, j'ai prévu mieux que ça !

Il se met derrière moi, les mains sur mes épaules, et me fait pivoter. Nous avons une vue imprenable sur Madrid ! Les lumières des appartements et des réverbères commencent à s'allumer un peu partout, c'est magique. Je suis subjuguée. Je vois ce pique-nique d'une tout autre manière, ce que Pablo a préparé est d'un romantisme absolu. Il est toujours derrière moi, je sens son torse dans mon dos et, quand sa main descend le long de mon bras, j'y aperçois un petit tatouage, une salamandre – sûrement un souvenir de l'un de ses nombreux voyages, c'est adorable... enfin... je crois qu'à cet instant précis je trouverais n'importe quoi adorable venant de lui ! Il me fait craquer ! Il est si proche que je sens son souffle dans ma nuque. Malgré les 25 degrés dans l'air, j'ai des frissons partout, je ne me rappelle pas la dernière fois où j'ai ressenti ça. Mon cœur bat à tout rompre, je n'ose pas me retourner, je ne veux pas interrompre ce moment. C'est finalement Pablo qui prend l'initiative. Ses mains descendent en me frôlant jusqu'à ma taille, il me tourne délicatement vers lui. Nous sommes maintenant face à face, les yeux dans les yeux, il cale une mèche de cheveux derrière mon oreille, nous restons de longues secondes comme ça, sans bouger, puis sa bouche s'approche lentement, très lentement, de la mienne. Il effleure mes lèvres et m'embrasse tout doucement. Cette sensation... Son odeur... Je me sens défaillir. Il me fait un tel effet que j'ai envie de lui, là, tout de suite ! Mais il ne faut pas que je me laisse perturber par mes sens ; d'ailleurs, c'est lui qui calme le jeu. Il écarte son visage du mien et m'invite à m'asseoir sur le muret.

— Un petit verre ?

— Oui, je crois que j'en ai besoin !

— Je n'en doute pas, tu es toute rouge, jolie brune ! me dit-il avec un clin d'œil.

Super ! Le fait qu'il l'ait remarqué me fait rougir encore plus ! J'ai chaud, très chaud. Heureusement, au fil de la soirée, l'excitation s'estompe un peu pour laisser place à une vraie discussion. Nous parlons de nos études, de notre passé, de nos projets d'avenir. Il évoque son envie de voyager, de découvrir ce que le monde peut avoir à nous offrir. J'aime son courage, sa liberté ; pour autant, cela me fait peur. Je sens qu'il ne faudrait pas que je m'attache trop à lui, ce serait un coup à me faire briser le cœur. Il n'est pas le genre de mec qui changerait ses projets par amour. Je m'enlève ces idées de la tête, je ne veux pas gâcher cette superbe – quoique atypique – soirée. La nuit est tombée maintenant mais j'ai tout sauf envie de rentrer ! Mon téléphone vibre dans ma poche, c'est Paola, elle a déjà essayé de m'appeler et m'a envoyé un message pour savoir comment se passait ma soirée ; je ne lui réponds pas, je veux juste profiter.

— Tu n'as pas faim ? me demande-t-il. Tu n'as rien mangé.

— Non, ça va, merci.

Moi qui suis une vraie fan de sushis, je n'ai même pas touché le plateau. Je ne peux rien avaler, je suis complètement chamboulée. J'ai envie qu'il me prenne dans ses bras mais je n'ose pas faire le premier pas. Il a dû lire dans mes pensées, il vient s'installer tout près de moi et m'enlace, ma tête se laisse aller dans son cou. Nous regardons les étoiles, il tente de faire son beau gosse en me désignant les différentes constellations, mais je vois bien qu'il n'y connaît rien. Je ris en le lui faisant remarquer, il rit à son tour et prend mon visage dans sa grande main.

— Tu arrêtes de te foutre de moi, oui !

Et il m'embrasse à nouveau... Plus fougueusement cette fois, il glisse peu à peu son autre main sous mon T-shirt. Malgré la fièvre qui s'empare de moi, ma raison reprend le dessus.

— Là, ça va un peu trop vite.

— Tu trouves ? dit-il en tentant de m'embrasser à nouveau.

— Non, sérieux, allons-y doucement, s'il te plaît.

— Comme tu veux, ma douce.

Je sens que ma réaction a jeté un froid, il ne parle plus beaucoup. Je demande :

— Tu m'en veux ?

— De quoi ? De m'allumer puis de me mettre un stop ?

— Quoi ? Tu rigoles ? réponds-je, choquée.

— Mais oui, calme-toi, jolie brune, je plaisante ! dit-il en riant.

Peut-être, mais sa remarque ne m'a pas rassurée, je sais très bien que dans ce genre de « blague » se cache souvent un fond de vérité pour celui qui la fait. Je regarde l'heure, il est plus de 2 heures du matin ; alors, je propose :

— Je te ramène sur le campus ? Il est tard, je commence à avoir un peu froid.

— OK, je remballe.

Il remet toutes les affaires dans son sac à dos et nous marchons jusqu'à la voiture. Je prends le volant, le trajet est plutôt silencieux. Il tente deux ou trois vannes pour détendre l'atmosphère, mais nous sommes tous les deux gênés, c'est palpable. Arrivés devant le campus, je ne pense qu'à crever l'abcès, il se tourne vers moi.

— Tu as passé une bonne soirée ? C'était cool, non ?

— Oui, merci, c'était vraiment top. Et toi, pas trop… déçu ?

— Déçu de quoi ?

— Du fait que je n'aie pas voulu aller plus loin.

Il me sourit, me caresse les cheveux et m'embrasse tendrement, ce baiser est d'une douceur infinie.

— Ça te va comme réponse ?

— Oui, c'est plutôt pas mal !

— On se refait ça vite ?

— Plutôt deux fois qu'une !

— Rentre bien, jolie brune, envoie un message à ton arrivée.

Il sort de la voiture et claque la porte. Je me sens bien, je me sens joyeuse, le cœur léger. Je ne sais même pas comment j'arrive chez moi, je ne suis pas du tout concentrée sur la route. J'ai mis du Bruno Mars à fond dans l'habitacle et je me refais le film de la soirée. Je me gare devant la maison et attends la fin du titre *Just the way you are* avant de descendre de voiture. Je rêve éveillée et ne pense qu'à envoyer un message à Pablo.

Bien rentrée, merci encore pour cette soirée.

Il répond de suite :

Merci à toi, j'ai encore ton goût sur mes lèvres… Mmm…

Il me rend tellement dingue que j'embrasse mon téléphone – ridicule ! Je monte discrètement dans ma chambre, me prépare pour aller dormir, même si je n'en ai pas envie du tout. Soudain je me rappelle que je n'ai pas répondu à Paola, elle m'a envoyé d'autres messages avec des points d'interrogation. Je ne suis tout de même pas obligée de lui répondre immédiatement ! Elle se doute bien que j'étais occupée ! Le rapport de ma soirée attendra demain. Pour le moment, je tiens à rester dans mon doux rêve.

CHAPITRE 5

NOTES ••• OK

Ma très chère Emma...

Je suis sur un petit nuage ! Je viens de vivre une soirée de dingue avec Pablo. Je ne le connais même pas depuis une semaine mais je crois bien qu'il me rend déjà folle. Je n'arrête pas de repenser à notre premier baiser, face aux lumières de Madrid. Je sens encore ses mains chaudes sur moi (je frissonne rien que d'y penser). Je ne peux pas dire que c'est de l'amour, c'est juste une excitation, un renouveau, l'impression de plaire, d'être sexy, d'être désirée. Je n'avais pas ressenti cela depuis longtemps.

Pablo est un garçon adorable, un peu direct mais attentionné à sa manière. Il s'intéresse réellement à moi, je sens une connexion entre nous. En tout cas, il a le mérite de me faire oublier Sergio. Peu importe ce qui se passera entre nous, il est LA personne qui m'aura fait passer à autre chose, il arrive dans ma vie au bon moment. Cela me fait du bien de t'écrire que je ne pense qu'à lui, qu'à la douceur de ses cheveux, de sa bouche, à la chaleur de ses bras. J'aurais aimé que cette soirée ne s'arrête jamais. Mais ne t'inquiète pas, Emma : je vais tout faire pour garder la tête froide, je suis consciente d'être en plein dans la lune de miel des débuts. De là à être amoureuse... Quoique, cela pourrait bien m'arriver ! Enfin... s'il respecte mon rythme, car je n'ai pas envie d'aller trop vite, je ne suis pas encore prête et je ne veux plus me faire avoir. J'espère que ce ne sera pas un frein pour lui. Honnêtement, je ne pense pas, je suis persuadée que c'est un gars bien. Sur ce, je te laisse, je vais me coucher et rêver, rêver... encore rêver... C'est trop bon !

Comme d'habitude, je suis réveillée par l'agitation dans la maison, j'entends Leanor hurler à la mort *Despacito* sous la douche. Elle aussi doit être d'humeur amoureuse, il faudra que je l'interroge à ce propos. Je me prélasse dans mon lit, je souris tellement que j'en ai mal aux zygomatiques. Je repense à ma soirée et je n'ai qu'une idée en tête : revoir Pablo. Ce sera difficile d'attendre lundi. Mais de toute manière, j'ai plein de choses à faire aujourd'hui. J'aimerais commencer par réviser mes cours, histoire de ne pas être larguée dès la semaine prochaine. Allez, je me motive, il faut bien que je me lève et que j'arrête de rêvasser. Je descends dans la cuisine pour me préparer un thé ; la pièce est inondée de soleil, voilà une journée qui débute parfaitement. Je savoure ma tasse, sereinement, en regardant la lumière se refléter sur la surface de la piscine. Ma mère me surprend en arrivant par-derrière et en me faisant un bisou sur le crâne.

— Ça va, ma chérie ? Tu as passé une bonne soirée ?

— Oh que oui, ça va, et oh que oui, j'ai passé une bonne soirée !

— Il n'y aurait pas un garçon caché derrière cette bonne humeur ?

— Oui, mais je préfère ne pas t'en parler pour l'instant. Je ne veux pas m'emballer.

— C'est bien, tu as raison, les études d'abord. Et tu entames une année importante… Mais tu as le droit de t'amuser, tout de même !

Ma mère est si bienveillante. Elle est curieuse mais n'insiste pas, elle m'a toujours fait confiance et respecte mon intimité.

— Tiens, au fait, je voulais te dire, j'ai croisé la maman de Paola hier en faisant les courses.

— Ah oui ? Et comment allait-elle ?

— Très bien ! Elle programme un voyage en amoureux aux Seychelles pour cet hiver, avec son mari. Étant donné que nous y sommes déjà allés, elle m'a demandé quelques tuyaux. Je dois lui envoyer une liste d'hôtels sympas et de lieux à visiter.

— Avec son mari ? Tu es sûre ?

— Oui, pourquoi ? Je lui ai même dit qu'on essaierait de trouver un créneau pour dîner ensemble dans les prochaines semaines. C'est vrai, c'est dommage, on s'entend bien et on ne se voit pour ainsi dire jamais !

Alors là, je n'y comprends plus rien ! Paola ne cesse de me répéter que ses parents ne se parlent plus et que la cohabitation à la maison se passe extrêmement mal. Je préfère ne pas inquiéter ma mère avec cette histoire, mais je m'interroge. Peut-être que la mère de Paola essaie de sauver son couple en organisant un voyage… Ou peut-être fait-elle semblant que tout se passe bien ?

— Ça va, ma puce ? Tu fais une drôle de tête.

— Oui, oui, pardon, ça va. J'étais dans mes pensées, je réfléchissais à mon planning du jour. Je file sous la douche, je veux faire quelques fiches pour mes cours, ce matin.

Je remonte et envoie un message à Paola.

Salut, ma blonde, on se voit toujours ce soir ?

Évidemment, ça va être une pure soirée ! On se retrouve avant pour se préparer ?

J'ai bien envie de tenter un truc… Je me lance.

OK. Tu veux que je vienne chez toi pour changer ? Ça ne m'embête pas.

Elle met bien plus de temps à répondre.

Honnêtement, je ne préfère pas. Tu verrais l'ambiance,

ici... C'est morose, je ne veux pas t'imposer ça et, surtout, j'ai besoin de m'échapper.

Tes parents ne se parlent toujours pas ?

Ils ne parlent pas : ils hurlent ! C'est l'enfer.

Ma pauvre... Je t'attends à la maison en fin d'après-midi dans ce cas.

Quelqu'un ment dans cette histoire. J'ai eu quelques soucis ces derniers temps avec Paola, mais je sais que ce n'est pas elle. Elle est incapable de me mentir. Sa mère a donc un vrai problème, elle se voile la face, et j'ai du mal à comprendre à quel jeu elle joue. Je pense aux petites sœurs de Paola, elles doivent être si malheureuses... Et Paola, la pauvre, elle doit s'occuper d'elles, et j'imagine qu'elle gère tout à la maison. Il faut vraiment que je sois présente pour elle, que je l'aide comme je peux et que je lui change les idées. En attendant, je me plonge dans mes révisions... Les maths... Quelle horreur ! Je me fais des pense-bêtes sur les statistiques et la manière de les calculer. Au bout de deux heures, j'ai la tête farcie ! J'ai peur que cette matière me fasse couler, j'aurai sûrement besoin de soutien... Je souffle un bon coup pour évacuer ces pensées négatives, ce n'est pas la peine de pleurer avant d'avoir mal, il est temps que je fasse une pause. Mon optimisme du matin s'altère peu à peu, et je ne crois pas que ce soit à cause des maths... Comment se fait-il que je n'aie pas reçu de message de Pablo ? Il aurait pu m'envoyer un petit mot gentil tout de même ! J'avoue être un peu vexée... et inquiète... En même temps, c'est un peu *old school* de penser que l'homme doit faire le premier pas. Vive le *girl power* : je vais lui envoyer un message ! Pile à cet instant, son nom s'affiche sur l'écran de mon téléphone.

On se revoit quand ? Ce soir ?

Au moins, il est direct ! J'attends les cinq minutes réglementaires pour lui répondre – il ne faudrait pas qu'il s'imagine que je suis à sa disposition !

Moi aussi j'ai envie de te revoir, mais j'ai déjà une soirée de prévu !

Je peux t'y rejoindre...

J'adorerais mais je dois te dire non. Je serai avec ma meilleure amie, elle a vraiment besoin de moi en ce moment.

Moi aussi, j'ai besoin de toi.

Décidément, il sait comment me parler, j'en frissonne.

Écoute, je vois comment ça se passe et je te dis si je ne finis pas trop tard. Au pire, on pourra se voir demain.

OK, à ce soir, jolie brune.

Clairement, il n'a pas l'intention d'attendre demain ! Si jamais je décide de le voir ce soir, il faut que je parle à Paola de ce qu'il se passe entre Pablo et moi. Mais c'est un peu délicat de lui jeter mon bonheur à la figure vu ce qu'elle traverse. Et puis, elle n'a pas l'air d'être fan de Pablo… Nous verrons bien si je trouve le bon moment.

La sonnette retentit dans la maison, j'entends la voix de Paola se mêler à celles de mes sœurs. Déjà ? Je n'ai pas vu le temps passer depuis mon réveil, je me précipite au rez-de-chaussée pour l'accueillir à mon tour. Prise d'un élan d'affection, je la serre dans mes bras. Nous discutons quelques minutes dans l'entrée avec Sylvia et Leanor, lorsque ma mère nous rejoint.

— Comment vas-tu, ma petite Paola ? J'ai croisé ta mère hier !

Je sens le malaise arriver, Paola blêmit. Elle coupe court à l'échange.

— Ah, cool ! Maya, on monte dans ta chambre ? J'ai un sac d'affaires qui est un peu lourd. À tout à l'heure, Maria ! lance-t-elle à ma mère.

Ça, c'est fait ! Nous avons évité la conversation gênante ! J'essaie cependant de glisser un mot à Paola.

— Je voulais te prévenir avant mais ta mère a dit à la mienne qu'elle préparait un voyage en amoureux avec ton père pour cet hiver.

— Pfff… Laisse tomber, elle est devenue dingue, elle s'invente une vie.

— Pourtant, ma mère disait qu'elle semblait aller bien.

— C'est du *fake*, je te dis ! Elle est en pleine dépression.

— Ma mère veut inviter tes parents à dîner !

Paola s'énerve subitement.

— Mais c'est n'importe quoi ! Il faut que tu l'en empêches !

— Calme-toi, je te raconte ce que je sais, c'est

tout. D'accord, je ferai en sorte d'éviter que ce dîner ait lieu.

— Bon, on parle d'autre chose.

— Oui, mais je veux que tu saches que, si tu as besoin de parler ou d'aide avec tes sœurs, je suis là.

— Oui, OK, allez, on passe à autre chose.

Elle me fait de la peine. Pour réagir de cette façon, elle doit en avoir gros sur le cœur, mais je n'insiste pas et tente de remettre un peu d'entrain dans cette journée.

— Tu sais quoi ? On va se commander un plateau de sushis avant de se préparer !

— Là, tu me fais rêver... Je meurs de faim et on a besoin de forces pour tenir toute la nuit !

Je retrouve ma Paola, douce, drôle, et les yeux rieurs. Nous passons un moment très agréable, comme deux gamines, comme avant. Je l'ai toujours dit : « Un plateau de sushis, et on oublie ses soucis », c'est notre devise. Son regard tombe sur mes fiches de révision étalées un peu partout dans ma chambre.

— Waouh ! Tu as sacrément bossé ! Je peux prendre tes fiches en photo ?

— Oui, bien sûr, vas-y.

Je lui réponds naturellement mais je trouve cela tout de même un peu injuste. Je me suis pris la tête pour synthétiser toutes mes notes, et l'on ne peut pas dire qu'elle ait usé beaucoup d'encre en cours ! J'essaye de lui en parler gentiment :

— Tu sais, la fac, c'est un travail personnel.

— Qu'est-ce que tu veux dire ?

Je cherche mes mots pour ne pas la froisser.

— Ce n'est pas comme au lycée où chacun doit apprendre la même chose. Aujourd'hui, c'est notre propre analyse qui compte.

— Je ne comprends pas.

— Ce que j'essaie de t'expliquer, c'est que nous n'interprétons certainement pas un cours de la même façon, c'est notre personnalité qui fait la différence.

Le moins que l'on puisse dire, c'est que je prends des pincettes, je sens toutefois qu'elle se braque.

— Franchement, je ne capte pas du tout où tu veux en venir. En gros, ça te pose un problème que je me serve de tes notes ?

— Ce n'est pas ça, il faut juste que toi aussi tu bosses.

— OK... Garde-les, tes fiches, je vais me débrouiller.

— Paola, je t'en prie, ne le prends pas mal, c'est pour toi que je dis ça, on n'est plus sur du « copier-coller » cette année, il faut vraiment intégrer les cours.

— C'est bon, j'ai compris !

— Arrête de faire ta mauvaise tête, prends-les en photo, ces fiches ! Je te préviens juste pour la suite, j'ai envie que tu réussisses.

Paola semble se détendre un peu mais je suis agacée. J'ai l'impression que je ne peux plus rien lui dire, elle est devenue particulièrement susceptible. Nous savons toutes les deux qu'il vaut mieux changer de sujet, nous commençons donc à nous préparer pour sortir. Quoi de mieux pour nous réunir que les fringues ? C'est l'heure de notre traditionnel pèlerinage dans mon dressing, un moment propice à la « déconnade » et aux confessions. Entre deux batailles d'oreillers, elle se met à m'interroger.

— Au fait, tu ne m'as pas raconté ! Comment ça s'est passé avec ton Paolo, hier soir ?

— Il s'appelle Pablo !

— Ah oui, c'est vrai. Alors ? Dis-moi tout !

C'est étrange, j'ai peur de lui en parler, j'ai le sentiment qu'elle le juge, qu'elle *me* juge… Et pas dans le bon sens ! Après tout, c'est ma meilleure amie, je ne dois pas craindre de me confier à elle. Je décide de tout lui raconter, dans les moindres détails, le romantisme de la soirée, ce baiser parfait, et le fait qu'il a tenté d'aller un peu trop vite. Je me laisse complètement emporter par l'enthousiasme.

— Mais quel obsédé !

— Je te raconte la soirée extraordinaire que j'ai vécue et, toi, tu ne retiens que sa main sous mon T-shirt !

— Bah oui, je te l'ai dit : je ne le sens pas, ce type.

— Excuse-moi mais, sa main qui effleure ma peau, ça ne fait pas de lui un obsédé ! Il ne m'a quand même pas sauté dessus !

— Tant mieux pour toi si ça ne te dérange pas mais, avec moi, ça ne se serait pas passé comme ça, il aurait pris la mienne de main direct sur sa joue !

— Tu abuses, là. Je te jure, tu as un a priori sur lui mais il est vraiment adorable... et charmant... et il a tellement d'humour !

— Je rêve ou tu es amoureuse ?

— Mais non, je ne suis pas amoureuse ! On a des affinités et on vit un truc sympa, c'est tout.

Encore cette tension qui refait surface entre nous. Là, Paola m'énerve vraiment ! Qu'est-ce qu'elle peut être intolérante et intransigeante parfois ! Elle ne laisse aucune chance à Pablo ! J'inspire et expire profondément pour ne laisser échapper aucune remarque, je n'ai pas envie que cela dégénère en dispute. J'en ai pourtant assez d'être la seule à tenter de rattraper le coup, cela devient fatigant à la longue. Nous nous replongeons dans nos préparatifs, je mets un peu de musique pour relancer l'ambiance. Tout en nous trémoussant, je questionne Paola sur la soirée à venir.

— C'est quoi comme type de fête ?

— Décontract, à la cool… en gros, à l'image d'Ingrid, pas besoin de nous mettre sur notre trente et un !

— Super, ça me va très bien. Tu m'as rapporté mes Doc Martens ?

— Oui, elles sont dans le sac, là.

Je me dirige vers le sac négligemment jeté sur la moquette de ma chambre. Je découvre que l'une des chaussures est ornée d'une belle rayure et, sur un cuir brillant, autant dire que celle-ci ne passe pas inaperçue ! C'est pourtant autre chose qui attire davantage mon attention...

— Mais... elles sentent l'alcool ? !

— Quoi ?

— Mes chaussures ! Elles sentent l'alcool !

— Ah oui, c'est possible ! Je me souviens que quelqu'un a renversé du punch sur moi ! T'inquiète, tu les nettoies vite fait au vinaigre blanc et tout va partir !

— Merci pour le remède de grand-mère mais j'aurais préféré les récupérer nickel, surtout que tu ne m'avais même pas dit que tu me les empruntais.

— Je suis désolée, Maya, j'ai été vraiment débordée cette semaine. Donne-les-moi, je m'en occupe tout de suite.

Je ne dis pas un mot et lui confie mes chaussures. Pendant ce temps, je sors de mes étagères un tregging noir huilé et un top cache-cœur noir agrémenté de manches chauves-souris en voilage. J'adore ce haut, simple et efficace, avec mes Doc – si je les récupère un jour – ce sera parfait. Paola revient avec mes chaussures, et force est de constater qu'elles sont bien propres ! Je m'en veux de m'être emportée, elle fait des efforts aussi, finalement.

— Merci, ma belle, c'est bon, j'ai tout ce qu'il me faut pour ce soir. Je vais dans la salle de bains me maquiller, prends ce que tu veux dans l'armoire.

— Je sais déjà ce que je veux ! Je peux te prendre ton combishort bleu ?

— Ben, dis donc ! De la couleur et du sexy ? ! On nous aurait changé notre Paola ? Sers-toi, avec plaisir !

Lorsque je sors de la salle de bains pour regagner ma chambre, je tombe face à Paola, prête elle aussi. Elle est magnifique. Ma tenue lui va à merveille et met sa silhouette élancée en valeur. Elle a ramassé ses beaux cheveux blonds en une queue-de-cheval haute et bien lissée.

— Tu es superbe, tu vas faire des ravages.

Visiblement touchée par ma remarque, elle me prend dans ses bras. Notre étreinte dure de longues secondes, une manière de tirer un trait sur les malentendus qui ont rythmé notre journée, et de nous rendre compte à quel point tout cela était futile pour des amies comme nous.

— On y va ?

— C'est parti !

Avant de prendre la route, j'envoie un message

gentil à Pablo afin de lui faire comprendre subtilement que je pense à lui. Il ne répond pas, sûrement a-t-il trouvé une occupation pour ce soir… Une fois installées dans la voiture, Paola se charge d'entrer l'adresse d'Ingrid dans le GPS et, en moins de vingt minutes, nous arrivons sur place, pile le temps de nous égosiller comme des dingues sur les tubes de l'été. Je me gare au bout de la rue, les vitres de ma Smart tremblent sous les vibrations des basses se dégageant de la maison d'Ingrid. Nous descendons de voiture et nous approchons de l'entrée ; cela grouille de partout, des gens entrent et sortent, des faisceaux rouge et jaune illuminent toute la rue, les voisins doivent être ravis ! C'est incroyable, on se croirait dans une soirée étudiante à Los Angeles, tout semble complètement démesuré. Nous pénétrons à l'intérieur, ou plutôt nous nous faufilons à travers la foule. Impossible de repérer Ingrid mais nous reconnaissons des visages familiers, des garçons et des filles que nous avons pris l'habitude de croiser à la fac. Tous nous saluent comme si nous nous connaissions depuis dix ans, ils doivent être déjà bien attaqués par l'alcool. Paola et moi essayons de trouver quelque chose à boire, difficile de dénicher autre chose que du punch ou de la bière dans ce genre de soirée. Nous savons bien qu'il n'y aura pas de vin blanc ici, alors nous nous rabattons sur un verre de punch. Nous trinquons à notre amitié, puis Paola me dit vouloir faire un tour.

— Je vais visiter, il y a une piscine à l'arrière de la maison !

— Vas-y, je reste ici, je me mets en mode spectatrice pour le moment. Préviens-moi si tu repères Ingrid, que je la remercie pour l'invitation.

— Ça marche ! Garde ton portable près de toi, je risque d'avoir du mal à te trouver.

Je suis contente de voir que Paola prend des initiatives sans moi, elle a envie de rencontrer des gens, de sociabiliser, cela ne peut être que bénéfique pour notre relation. Le dernier Offenbach résonne dans les enceintes, un groupe de filles s'approchent de moi – j'en reconnais quelques-unes – et toutes m'entraînent dans une danse endiablée. L'ambiance est géniale, tout le monde saute sur place, des perruques et des lunettes toutes plus ridicules les unes que les autres sont distribuées aux invités qui rient, crient, chantent, c'est extra !

Les musiques s'enchaînent et je continue de danser comme une petite folle, j'évacue toutes mes tensions de la semaine. Je pense toutefois à scruter l'écran de mon téléphone de temps en temps pour vérifier si j'ai reçu un message de Paola... ou de Pablo... Rien pour l'instant : inquiétant de la part de Pablo, mais totalement rassurant en ce qui concerne Paola, cela veut dire qu'elle s'amuse elle aussi ! Je suis en nage, je n'en peux plus, même si je m'éclate, j'ai besoin de faire une pause. Je me sers un soda et m'assois sur un bout d'accoudoir de canapé, les places assises sont chères ici ! Je regarde ce petit monde exulter et je me sens bien, je suis probablement en train de vivre les plus belles années de ma jeunesse. Je débute une nouvelle vie, j'ai le cœur en fête, et j'ai remis mon amitié avec Paola sur les rails. Je profite de cet instant, quand mon téléphone vibre dans ma poche. C'est Paola. Je suis surprise de voir l'heure qu'il est, cela fait au moins deux heures que nous nous sommes séparées.

Tu passes une bonne soirée ? Tu viens me rejoindre ?

Oui, c'est top, tout le monde est cool ici ! Tu as fait quoi jusqu'à maintenant ? Où es-tu ?

Je n'ai pas bougé ! Je suis au bord de la piscine, ambiance de ouf !

Avec qui ? Des gens que je connais ?

Je suis avec Ingrid depuis tout à l'heure ! Je l'ai trouvée mais elle est très occupée...

J'arrive.

Je tente de me frayer un chemin à travers toutes les pièces pour rejoindre l'arrière de la maison. La villa est splendide et gigantesque, je me sens toute petite. Les baies vitrées sont grandes ouvertes pour laisser l'accès libre au jardin – lui aussi est immense ! Et cette piscinc... Le cadre est vraiment magique. Un jacuzzi trône à l'extrémité de la terrasse, il est bondé, garçons et filles y flirtent allègrement. Malgré le nombre de décibels, je peux entendre un mince filet de voix en train de m'appeler, je regarde un peu partout autour de moi et j'aperçois enfin Maya me faisant de grands signes. Elle s'approche avec un verre à la main.

— Ben, dis donc ! Tu as mis le temps !

— Tu as vu la taille de cette villa ? J'ai eu le temps de me perdre au moins trois fois avant de réussir à la traverser !

— Tiens, cadeau : margarita maison !

— Merci, j'adore !

— N'abuse pas quand même, elle est bien dosée !

— Où est Ingrid alors ? J'aurais bien aimé parler un peu avec elle. Tu as dit qu'elle était occupée ?

— Regarde par toi-même !

En haussant les sourcils, Paola me désigne de la tête un couple adossé à un arbre en train de s'embrasser de façon très *hot*.

— Oh ! C'est chaud !

— Torride, tu veux dire ! Cela fait au moins une demi-heure qu'ils échangent leur salive ! Ils sont complètement déchirés !

Ingrid est dos à moi, je vois sa longue chevelure blond vénitien flotter au rythme de ses baisers effrénés.

— Ils sont carrément en train de se peloter !

— Et elle ne le connaît que depuis ce soir ! Elle n'y va pas par quatre chemins quand elle veut quelque chose ! Mais tu verras, elle est vraiment très cool.

— J'en suis sûre. En tout cas, elle a l'air... sociable ! Et lui, tu sais qui c'est ?

— J'ai un doute mais je ne suis pas tout à fait sûre... On fera les présentations quand ils auront fini de se tripoter.

Je ne sais pas s'il s'agit d'une curiosité déplacée mais nous ne pouvons pas nous empêcher de les regarder et de faire des commentaires. Ingrid s'est même mise à déboutonner la chemise de son inconnu !

— Ils ne vont quand même pas faire ça ici devant tout le monde ? dis-je en riant.

Cette fois, c'est son partenaire qui semble vouloir prendre des initiatives. Il glisse carrément les mains sur ses fesses maintenant. Un détail m'intrigue. Un pressentiment, peut-être. Cette main… Elle présente une petite marque… Une tache… en forme de… salamandre ! Non, ça ne peut pas être lui, je ne peux pas y croire, c'est une coïncidence. J'ai du mal à respirer tout à coup, ma gorge se serre, je ne parviens plus à cligner des paupières. Je lâche Paola et m'approche de cette scène obscène qui se déroule sous mes yeux. Un cri sort de ma bouche.

— Pablo !

Ingrid et lui se décollent, ils tiennent à peine debout et me regardent, c'est bien lui. Je suis… dépitée. Il articule quelques mots.

— Oh ! ma jolie Maya… Ça… Ça va ?

Il n'a pas l'air dans son état normal mais je n'en ai rien à faire. Comment, mais *comment* a-t-il pu me faire ça ? Hier soir, à la même heure, c'était moi qu'il tenait dans ses bras. Paola vient à ma hauteur.

— Laisse tomber, Maya, c'est un connard. Viens, on s'en va.

— Non, laisse-moi, je veux être seule. Je suis désolée, je te laisse rentrer en taxi, je dois partir là.

— Maya ! Attends.

Je ne l'entends même plus. Je m'éloigne en courant et en bousculant tout le monde, je dois avoir l'air ridicule, je suis sous le choc. Je ne comprends pas comment j'ai pu me faire avoir à ce point-là, je me sens humiliée, trahie, et tellement bête. Arrivée à ma voiture, je plonge sur le siège conducteur et m'écroule. Je hurle et tape du poing sur le tableau de bord. Je sens les larmes monter mais je refuse de pleurer pour un tel enfoiré ! Je reste quelques minutes assise comme ça, sans démarrer, j'ai la nausée. Je ne suis clairement pas en état de conduire et ce n'est pas à cause de l'alcool. Pablo me dégoûte autant que je me dégoûte de lui avoir fait confiance. J'ai encore été prise pour une conne, je n'en peux plus.

CHAPITRE 6

Mon portable n'arrête pas de sonner. Inutile de préciser que ce n'est pas Pablo qui m'appelle : c'est Paola qui me cherche partout, mais à qui je n'ai pas du tout envie de parler. Finalement, alors que je regarde dans le vague, elle me surprend à taper à la fenêtre de la voiture.

— Paola, je n'ai vraiment pas envie de discuter là.

— Non mais attends, tu crois que je vais te laisser partir comme ça ?

Elle ouvre la portière côté passager et s'assied à côté de moi. Donc je n'ai pas le choix. Comme souvent avec Paola. Et elle se met à parler, parler…

— Tu ne vas pas te laisser démonter par ce que tu viens de voir ! Tu ne le connais que depuis une semaine, ce type, et je t'avais dit que je ne le sentais pas. Je suis là pour toi, ma chérie, mais je trouve ta réaction disproportionnée. On était en soirée, forcément ça peut déraper. Ce n'était pas cool de t'enfuir comme ça en me plantant là, je t'ai cherchée pendant une demi-heure, et ce n'était pas cool non plus pour Ingrid ! Elle n'a pas compris ce qui s'est passé, tu aurais au moins pu la remercier pour l'invitation...

Je l'écoute, et l'écoute encore ; ce bruit de fond est insupportable, j'explose !

— La remercier ? Mais tu rigoles ou quoi ? Je sors avec Pablo depuis hier soir et, elle, elle profite qu'il soit complètement déchiré pour l'attraper dans un coin ! Comment tu veux que j'aille lui gratter l'amitié après ça ?

— Oui, justement ! Tu peux lui dire merci : elle t'a empêchée d'aller plus loin avec un salaud ! Il n'en a rien à foutre de toi, tu l'as bien vu ! Il est prêt à choper tout ce qui bouge.

— Mais comment tu peux me balancer ça ? Je crois que tu as une ou deux margaritas de trop dans le sang ! Et d'ailleurs... C'est toi qui m'as demandé de vous rejoindre près de la piscine ! Et tu voudrais me faire croire que tu n'avais pas vu Pablo avant ? Tu m'as dit que ça faisait un moment qu'ils étaient en train de s'embrasser ! Donc tu savais !

Tandis que je prends conscience de la situation, je sens la rage monter de plus en plus en moi. Est-ce que Paola a fait exprès de me faire venir près de la piscine pour que je découvre ce qu'il se passait ?

— Mais pas du tout ! J'étais avec Ingrid et ses potes ! Le temps d'aller me chercher un verre et je l'ai vue avec un mec, mais en aucun cas je n'avais reconnu Pablo ! Tu me prends pour une menteuse maintenant ? Tu crois franchement que j'aurais pu te tendre un piège ?

— Avoue que vu de l'extérieur c'est quand même franchement bizarre !

— Arrête de tout confondre, s'il te plaît. S'il y a une personne qui a quelque chose à se reprocher, c'est ton Pablo. Ce n'est pas de ma faute si c'est un coureur, ni celle d'Ingrid, elle n'était pas censée savoir que tu le connaissais.

Je n'ai plus d'arguments et, de toute manière, je n'ai pas envie de poursuivre cette discussion, je veux juste rentrer chez moi.

— Je veux y aller maintenant.

— Je viens avec toi, je dors chez toi ?

— Honnêtement, je préfère être seule.

— Pas question que je te laisse toute seule ! Maya, tu es comme ma sœur, je suis de ton côté. Allez, laisse-moi te remonter le moral, tu verras, demain matin ou dans quelques jours, ce sera oublié. Et pense à la gifle que tu pourras lui coller si tu le recroises. Je t'aiderai, même, si tu veux !

Elle réussit à me faire esquisser un léger sourire. Nous reprenons la route et Paola change de sujet de conversation. Elle n'arrête pas de parler, certainement pour me changer les idées, mais elle a plutôt tendance à me fatiguer. Arrivées à la maison, nous nous couchons tout de suite, Paola nous choisit une série sur Netflix mais je m'endors en moins de cinq minutes.

Quand je me réveille, le lendemain à midi, elle n'est plus là, je ne l'ai même pas entendue partir. Sur son oreiller, elle a laissé un papier sur lequel est dessiné un cœur avec nos deux prénoms inscrits à l'intérieur. J'apprécie cette attention, même si je suis soulagée qu'elle soit rentrée chez elle. J'ai besoin de me retrouver avec moi-même après cette semaine éreintante. Je regarde par la fenêtre, le temps est lourd, nuageux, à l'image de mon moral. Tout en restant allongée, j'étire le bras pour attraper mon téléphone par terre, je l'allume, il sonne en continu : Pablo a tenté de me joindre une bonne dizaine de fois, il m'a écrit également.

Maya, STP, rappelle-moi, je crois qu'il y a eu un problème hier soir.

Il est sérieux ? Quel culot. Il pense qu'« il y a eu un problème » ? ! J'hallucine tout en lisant le reste de ses messages.

Je ne me souviens pas de grand-chose mais il s'est passé quelque chose de pas normal. Apparemment tu m'as vu avec Ingrid mais, je te jure, c'est un malentendu.

Et cela continue.

Laisse-moi t'expliquer, je ne veux pas gâcher ce qu'il y a entre nous.

Je décide de lui répondre une bonne fois pour toutes.

Tu veux m'expliquer comment ta langue s'est retrouvée dans la bouche d'une autre ? Ne t'en donne pas la peine, je sais comment ça marche. Maintenant, tu m'oublies.

Et je le bloque, partout, il n'a désormais plus aucun moyen de me joindre et c'est très bien comme ça. Cette décision me fait reprendre du poil de la bête, je me sens plus forte. Je pourrais en parler avec Paola, mais c'est à Emma que j'ai envie de me confier.

NOTES ••• OK

Dimanche 26 septembre.

Je veux écrire la date de notre échange d'aujourd'hui, chère Emma, car cette journée marque l'apparition d'une nouvelle Maya, celle qui ne se fera plus avoir. Je me sens si différente ce matin, pas mieux, pas moins bien, juste différente. Je ne me laisserai plus submerger par mes émotions, tout simplement parce que j'ai l'impression de ne plus en avoir. Je n'ai pas envie de pleurer ni de sourire, je suis vide de toute sensation, la tête froide. J'aborde la vie sous un nouveau jour, un jour où il n'y a ni soleil ni pluie, il fait gris et j'avance sans me laisser perturber par des choses futiles. Je vais réussir mes études et tracer mon chemin en ne me fiant qu'à mon instinct. Désormais, je suis ma meilleure amie, je ne compte plus que sur moi. D'ailleurs, je pense que je ne vais plus t'écrire, Emma : je vais gérer mes émotions comme une adulte, les mettre de côté et inspirer profondément, pour avancer. Je crois que c'est le mieux pour ne plus avoir mal et souffrir. Au revoir, Emma.

En écrivant ces mots, je me sens bizarrement plus forte, déterminée, j'avais besoin de les voir inscrits en toutes lettres. Je me lève doucement et fais méticuleusement mon lit. Je sens que même ma façon de me mouvoir a changé, mes gestes sont plus lents, précis, posés. Je me tourne vers mon miroir comme s'il m'appelait et je me regarde. Je procède aux présentations avec ce nouveau reflet que j'observe. Mon regard est dur, mes sourcils froncés, cette nouvelle Maya me plaît, elle fait... *femme*. Oui, c'est cela, j'ai l'impression d'être devenue adulte en une seule nuit. J'éprouve en quelque sorte de la reconnaissance devant la trahison de Pablo et les débordements de Paola, ils ont été le déclic qui a conduit à ma transformation. J'effectue ma toilette puis me dirige vers mon armoire. Je choisis un pantalon noir et un pull léger de la même couleur, tout ce qu'il y a de plus simple. Je suis la seule à qui je dois plaire après tout, et c'est le cas aujourd'hui. Je me maquille à peine, je me suffis à moi-même. Je sors de ma chambre et descends les marches pour aller rejoindre mes parents et mes sœurs. Je les entends discuter, j'ai hâte de confronter la nouvelle Maya à mes proches, elle leur plaira j'en suis sûre, ils ne lui reprocheront pas sa naïveté comme ils ont pu le faire avec l'ancienne Maya.

— Ah, Maya, tu es là ! Super, on t'attendait ! me lance Leanor avec une excitation qui ne lui ressemble pas.

Mon père me regarde et me dit sur le ton de la confidence :

— Visiblement, ta sœur a une grande nouvelle à nous annoncer.

Leanor paraît s'impatienter.

— Papa, au lieu de faire des messes basses, tu peux ouvrir la bouteille de champagne que j'ai apportée ?

— C'est comme si c'était fait ! Et c'est parti pour cinq coupes !

Mes sœurs semblent très agitées et, pourtant, Sylvia s'attarde sur moi.

— Ça va, ma puce ? Tu as l'air... pas comme d'habitude.

— Je vais très bien justement.

La sonnette interrompt notre échange, c'est mieux comme ça, je n'avais pas envie de m'étendre. Leanor va ouvrir.

— Papa, prends une coupe supplémentaire, Paola est là !

— Paola ? Mais qu'est-ce qu'elle fiche ici ? je lance, surprise.

— Je lui ai envoyé un message pour qu'elle nous rejoigne, elle fait aussi partie de la famille, me répond Leanor.

Moi qui voulais être tranquille aujourd'hui, c'est loupé.

— Coucou, ma chérie, tu as bien dormi ? me demande Paola en m'embrassant sur le front.

— Oui, très bien, merci.

Elle me fixe droit dans les yeux, sans doute interloquée par ma froideur. Il faudra qu'elle s'y fasse, je suis comme ça maintenant.

Nous nous installons tous dans le salon, autour de Leanor, son sourire est radieux. Elle lève sa coupe de champagne haut devant elle, d'un air solennel.

— Je voudrais, ici avec vous tous qui comptez pour moi, porter un toast à…

Mes parents sont suspendus à ses lèvres.

— À… ?

— À mon mariage !

Elle relève la longue manche qui couvrait sa main pour laisser apparaître une très jolie bague, discrète, simple mais brillante, à son image.

Sylvia et Paola explosent de joie et se jettent sur elle pour la féliciter. Du côté de mes parents, pas un bruit. Son annonce fait l'effet d'une bombe, personne ne s'y attendait, du moins pas avant qu'elle n'ait fini ses études.

— Ton mariage ? Avec Pedro ? demande ma mère, choquée.

— Non, avec le voisin. Mais bien sûr avec Pedro, qui d'autre ?

— Pardon, ma chérie, c'est juste que nous sommes un peu surpris.

— Oui, je comprends, cela peut vous paraître précipité, mais ça fait plus de deux ans que nous sommes ensemble.

— Et tes études ?

— Justement, c'est pour ça qu'on a décidé d'accélérer un peu les choses. Pedro a une occasion qu'il ne peut pas manquer. On lui propose un poste d'expert dans le secteur de l'audit financier à New York, c'est complètement fou ! Il m'a demandé de venir avec lui, cela ne peut qu'être bon pour ma carrière, il y a tellement d'opportunités à saisir là-bas. Nous avons trouvé une école pour compléter ma formation dans le cinéma, et j'ai décroché un stage d'assistante de réalisation !

Mes parents prennent quelques secondes pour digérer la nouvelle ; ils échangent un regard, comme pour se dire quelque chose sans parler, puis finissent par sourire et lever leurs verres à leur tour.

— Félicitations, ma fille. Tu sais que nous aimons beaucoup Pedro et que nous avons confiance en toi. Si tu sens que c'est le moment, alors nous te suivons.

Leanor est très émue tout à coup, elle quitte son siège pour aller les prendre dans ses bras. Je regarde tour à tour mon père, ma mère, mes sœurs et Paola. Tout le monde est submergé par l'émotion, les larmes coulent autant que le champagne, mais ils en oublient de poser les vraies questions. Je me lance.

— Oui, félicitations, Leanor, je vous souhaite plein de bonheur à tous les deux. C'est prévu pour quand ? Vous avez déjà fixé une date ?

— Oui, alors, justement...

Je le savais, j'ai mis le doigt sur le sujet qui fâche.

— On aimerait se marier pendant les vacances de Noël.

— Euh... De l'année prochaine ? demande Sylvia.

— Non, nous parlons bien de cette année, nous devons être à New York en mars, les démarches seront bien plus faciles si nous sommes mariés.

Deuxième choc pour ma mère, qui a un peu de mal à articuler à présent.

— Mais... mais... Tu veux dire que... ce serait dans moins de trois mois ?

— Oui, maman, mais ne t'inquiète pas, nous ne voulons pas de cérémonie en grande pompe, et nous savons bien que tout cela est très soudain. D'ailleurs, ne vous faites pas de souci, nous ne vous demanderons rien, nous financerons tout nous-mêmes, et les choses seront très simples.

Mon père bondit du canapé pour intervenir :

— Ah ça, non ! J'ai promis à mes filles que je leur paierais leur mariage, et je tiendrai parole ! C'est une tradition familiale que je désire absolument honorer. Il n'est pas question que l'une d'entre vous soit lésée, qu'il s'agisse d'un mariage précipité ou pas ! Ma fille, tu auras le mariage que tu mérites, grand, beau et heureux.

Leanor, en larmes, se jette à nouveau dans ses bras, et maman et Sylvia en font de même. Paola s'ajoute à ce câlin familial, ce que je trouve un peu déplacé mais je ne dis rien, je ne veux pas gâcher la fête. Ma sœur relâche son étreinte et se tourne vers moi.

— Maya ? Tu n'as rien à dire ?

C'est vrai que je ne me suis pas montrée très démonstrative, alors que je suis malgré tout ravie de cette nouvelle. Je me lève afin de la serrer contre moi.

— Si, bien sûr, je te l'ai déjà dit, je suis très heureuse pour vous deux. Compte sur moi pour t'aider, tu seras la plus jolie des mariées, j'en suis certaine.

Paola saute sur l'occasion.

— Oh oui, moi aussi je vais t'aider ! Maya et moi serons les meilleures *wedding planners* !

— Avec plaisir, Paola ! lui répond Leanor, attendrie par tant d'enthousiasme.

Mais ai-je vraiment envie de préparer un événement familial si intime avec Paola ? La nouvelle Maya est peut-être un peu trop rigide… Je devrais avoir le cœur à la fête, il s'agit de ma sœur et de ma meilleure amie, cela ne peut qu'être joyeux. Je me force à être davantage souriante pour ne pas attirer l'attention, j'avoue que la deuxième bouteille de champagne que mon père a décidé d'ouvrir m'y aide bien.

Nous déjeunons tous ensemble autour du fameux « poulet rôti du dimanche » de maman ; je me sens cruelle, l'odeur de ce plat me donne plus le sourire que l'annonce du mariage de ma sœur. L'ambiance est chaleureuse et survoltée, chacun ayant son mot à dire sur la cérémonie, la décoration ou le repas de l'heureux événement. Nous tentons d'établir un planning dans des délais très brefs, en nous répartissant les tâches. En à peine une heure, ma sœur a rempli un cahier entier avec la liste des choses à faire. Le programme m'effraie un peu : je me permets de le lui dire, elle ne le prend pas très bien, et tout le monde me regarde comme si j'étais une extraterrestre.

— Mais… je croyais que tu voulais m'aider… Cet événement n'a de sens que si on le prépare ensemble.

— Bien sûr, Leanor ! Je n'ai jamais dit que je me retirais de l'organisation de ton mariage ! C'est juste que mes études sont très prenantes et que je ne veux pas louper mon trimestre. J'ai peur de ne pas pouvoir tout faire.

— Je comprends. Je vous chamboule tous avec cette annonce.

Paola s'approche de ma sœur pour la réconforter.

— Ne t'inquiète pas, Maya et moi nous partagerons les tâches. Au lieu de les effectuer toutes les deux en même temps, nous les ferons chacune de notre côté, cela divisera par deux la masse de travail. Et je m'occupe de créer un groupe WhatsApp dédié à ton mariage pour faciliter notre organisation.

Je n'ai pas d'autre choix que d'acquiescer à la proposition de Paola pour redonner le sourire à ma sœur ; cela fonctionne.

— Très bien alors, nous ferons comme ça !

Dans l'allégresse générale, Leanor nous embrasse affectueusement l'un après l'autre. Son cahier sous le bras, elle part retrouver Pedro, nous laissant avec nos interrogations quant à son mariage surprise. Paola est accoudée à l'îlot central de la cuisine, réservant son numéro de charme à mes parents. Il est 16 heures, j'aimerais monter dans ma chambre, me poser, au calme, entre mes révisions et mes réflexions, mais je ne peux décemment pas laisser ma « meilleure amie » seule avec ma famille. Elle constate mon impatience.

— Maya, on fait quoi cet après-midi ?

— Perso, j'ai envie de me reposer et de réviser. On se débriefe tout ça demain ?

Je la sens piquée et vexée mais elle veut faire bonne figure devant ma mère, restée en cuisine pour débarrasser.

— OK, parfait, je devais rentrer de toute manière.

— Tu vas réviser aussi ?

— Oui, oui, on va dire ça. On va ensemble en cours demain ? On se dit 9 heures devant chez toi ?

— Non, désolée. Je serai sur place pour 8 heures maximum. Je veux aller à la bibliothèque de la fac avant les cours, j'ai besoin de prendre un peu d'avance pour les statistiques, il paraît qu'ils ont des livres super sur le sujet.

Paola salue mes parents avec un soupçon de

zèle tandis qu'elle m'adresse à peine un regard. La porte claque. Elle est partie. Je respire.

— Maya, y aurait-il un problème avec Paola ? me demande ma mère, sous les yeux interrogateurs de Sylvia.

— Un problème ? Non, pas du tout, mais nous ne sommes pas obligées d'être collées vingt-quatre heures sur vingt-quatre, il me semble.

— C'est sûr, mais... Tu as l'air bizarre, ma chérie, tu t'es disputée avec Paola ?

L'interrogatoire ne dure que depuis quelques secondes mais il m'insupporte déjà. J'explose.

— Suis-je vraiment obligée de justifier chaque seconde de mon existence ? Vous pouvez concevoir que j'ai besoin d'être seule parfois ? Je ne suis plus une petite fille depuis longtemps, et ce serait sympa qu'on me comprenne et qu'on me laisse tranquille.

Sylvia et ma mère me regardent avec des yeux ronds. J'ai été honnête mais je sens que c'est trop pour elles.

— Ce n'est pas contre vous... J'ai passé une semaine de dingue et j'ai envie de me retrouver un peu. Pardon de m'être emportée mais il faut que vous compreniez que je ne suis pas indissociable de Paola. J'ai une vie à part entière. Bon, je monte. Encore désolée de m'être emportée, j'ai besoin de me reposer.

Sylvia tente de me rassurer.

— Pas de souci, sœurette, ça fait beaucoup d'émotions en une semaine. Si tu as besoin de moi pour quoi que ce soit, je suis là. Je ne me marie pas dans trois mois, en ce qui me concerne !

Toutes les trois rions sans grande conviction de cette vanne pas terrible et, quelques secondes plus tard, je me retrouve seule, dans ma chambre. Je ne cherche pas à ruminer ou cogiter sur tout ce qui a pu se passer ces dernières heures. Je sors immédiatement mes manuels de psychologie enfouis dans les tiroirs de mon bureau et les étale sur mon lit. Plus que jamais, j'ai besoin de me recentrer sur mes études... Et de comprendre les gens qui m'entourent... Depuis mon réveil ce matin, l'hypocrisie me saute aux yeux. Fait-on semblant pour faire plaisir aux autres ou pour se convaincre soi-même que tout va bien ? Je n'ai pas encore la réponse, mais j'ai bien l'intention de me plonger dans les méandres de l'esprit humain pour saisir ses réactions, ses attitudes, ses mensonges... Ne plus subir les personnalités tortueuses mais les analyser, voici ma nouvelle voie. Oui, je le confirme, Maya a changé. Je me sens prise dans un tourbillon d'inspiration, la psychologie est bel et bien ma voie, j'ai besoin d'explications. Comment nos émotions peuvent-elles nous aveugler au point de prendre le dessus sur notre personnalité ? Pourquoi parviennent-elles à nous faire perdre de vue nos objectifs ? Une chose est certaine : cela ne m'arrivera plus, et j'espère bien pouvoir aider mes futurs patients à reprendre le contrôle de leur vie, quitte à renier leurs sentiments. Je multiplie les notes, les questions et hypothèses, les pages de mes blocs se noircissent, et pourtant tout devient clair dans mon esprit. Je décide de faire une pause, lorsque mon téléphone couine : c'est Paola. Elle vient de créer le groupe WhatsApp dédié au mariage de ma sœur.

J'ai l'honneur d'inaugurer ce groupe consacré à l'organisation du mariage de Leanor. Thème, déco, choix du traiteur, du DJ et de la robe, toutes vos suggestions sont les bienvenues jusqu'à la fin de la semaine prochaine. J'instaurerai ensuite un planning précis pour décharger au maximum notre magnifique future mariée !

Le tout est accompagné d'émoticônes bisous, cœurs et câlins à outrance, comme Paola sait si bien le faire. C'est un peu trop à mon goût. J'ai sans doute du mal à intégrer le fait qu'elle s'approprie l'organisation du mariage de ma sœur. Je suis vexée alors que je n'ai pas à l'être, je n'aurais eu ni le temps ni l'énergie de m'atteler à cette tâche. J'ai d'autres priorités à présent, la première étant de me coucher tôt pour être en forme demain : je vais démarrer dès ce lundi ce qui sera certainement la première semaine de ma nouvelle vie.

CHAPITRE 7

Réveil à 6 h 15. Cela ne pique même pas. Je suis bien décidée à mettre à profit cette journée. En tant qu'étudiante parfaitement organisée, j'ai préparé mes affaires la veille. Après ma douche, je n'ai donc plus qu'à sauter dans un jean, enfiler un T-shirt blanc et une surchemise à carreaux. Un coup de peigne et je suis prête, le maquillage sera pour une autre fois. Tout le monde dort encore à la maison, j'attrape mes clés de voiture et file aussi discrètement que possible. L'avantage de partir à cette heure-ci, c'est qu'il n'y a personne sur la route, mon trajet se déroule en toute décontraction, c'est très agréable pour débuter la journée. Les premiers rayons du soleil se reflètent sur les toits et les volets toujours clos, quelques chats se risquent encore à traverser la route, fuyant le bruit des foulées des joggeurs courageux du lundi matin.

Il est 7 heures pile lorsque je me gare à proximité de la bibliothèque. Ce bâtiment est magnifique. Il me faisait rêver quand j'étais petite et, aujourd'hui, je dois y aller pour travailler, j'en suis fière. Dans le hall d'entrée, j'ai l'impression d'être Harry Potter faisant ses premiers pas à Poudlard. Malgré une excitation certaine, je ne perds pas de vue mon objectif : je suis là pour réviser, progresser. Je pénètre dans la salle principale, qui ne remporte visiblement pas un franc succès auprès des étudiants le lundi matin. Nous devons être six ou sept au mieux à nous partager les dizaines de tables. Je m'installe près du rayon dédié à la psychologie, sur une table isolée, loin des fenêtres. Je ne veux pas être distraite par l'agitation de la rue qui se réveille ni par la lumière du jour. Je pose mes affaires et me dirige vers les étagères qui m'intéressent : Bandura, Festinger et, un peu plus loin, Freud, évidemment, sans oublier les ouvrages écrits par certains de mes professeurs. Je m'arrête là : j'ai des livres jusqu'au-dessus de ma tête, je ne vois même plus devant moi. Survient donc l'inévitable : le haut de ma pile, mal calé, glisse sur la couverture en papier glacé d'un des bouquins, et tout s'écroule ! Un cri déchire le silence de la bibliothèque. Je lève les yeux et tombe sur un étudiant se tenant le pied et grimaçant de douleur. Ses cheveux bruns, plutôt courts, sont négligemment coiffés, et son T-shirt à manches longues souligne des muscles fins.

— Tu ne peux pas faire attention, sérieux ?

— Je suis vraiment désolée... Tu as mal ?

— Non, non, pas du tout. J'ai une passion le lundi matin, c'est de hurler sans raison dans les bibliothèques !

— Je peux faire quelque chose ?

— Mis à part ranger ce merdier, je crois que tu en as assez fait pour aujourd'hui !

— Ce n'est pas la peine d'être aussi agressif, je ne l'ai quand même pas fait exprès !

— Et elle m'engueule en plus !

— Bon, laisse tomber, je ne parle pas avec toi. Encore une fois, désolée, et si tu as envie de te plaindre, va à l'infirmerie.

J'ai ramassé les livres, en ai remis quelques-uns dans les rayons puis j'ai tourné les talons, abandonnant ce pauvre type à sa mauvaise humeur. La journée commençait pourtant bien, je dois oublier cet incident au plus vite. Je décide alors de me plonger dans mes bouquins, histoire que tout ça serve à quelque chose. Étant relativement novice en la matière, je me tourne automatiquement vers Freud et ses hypothèses sur l'inconscient ; plus que passionnant, je dirais que c'est envoûtant. Selon lui, l'être humain n'a aucun contrôle sur son inconscient, ses pensées, ses pulsions. Cela ne servirait donc à rien de les traiter, il faudrait simplement les analyser pour les comprendre, déterminer nos conflits internes pour tenter de vivre avec et ne pas trop les faire subir aux autres. Je ne peux pas m'empêcher de faire le lien avec Paola. À écouter Freud, si elle m'insupporte parfois, il me revient de me livrer à un travail sur moi pour gérer ce sentiment, mais celui-ci ne disparaîtra jamais. Pas très encourageant, tout cela. Cela fait déjà deux heures que je potasse, prends des notes et me constitue ma base de données personnelle. Je regarde l'heure sur mon téléphone, j'ai exactement trois minutes pour me rendre à mon cours de statistiques ! Je laisse tous mes ouvrages en plan et remballe mes affaires vite fait bien fait. Je n'ai pas intérêt à arriver en retard, notre professeur nous a à l'œil, c'est lui qui repère les bons éléments. J'aimerais bien être dans ses petits papiers car je doute que mon niveau en maths me rende remarquable à ses yeux, je dois donc lui montrer mes autres qualités. Je cavale comme une folle dans les escaliers puis dans les allées du campus pour rejoindre mon bâtiment. J'y suis presque lorsque je bouscule violemment quelqu'un, je suis à deux doigts de me retrouver par terre. C'est le type de tout à l'heure ! Il me hurle dessus en se tenant l'épaule que j'ai percutée.

— Non mais, c'est pas vrai, encore toi ! Tu veux démonter toute la fac ou quoi ?

— Je suis désolée, pardon, je suis en retard à mon cours !

— Il va falloir te calmer !

— Pardon, pardon, mais je dois vraiment y aller !

Je continue ma course et me retourne pour lui lancer une pique.

— Ravie de voir que ton pied n'a rien, en tout cas ! Bonne journée !

J'arrive enfin devant ma salle et, évidemment, je suis en retard, tous les élèves sont déjà installés, prêts à travailler.

— Bonjour, monsieur Richard. Je m'excuse pour le retard, j'étais à la bibliothèque.

— Non, vous ne vous excusez pas.

— Si, si, je vous assure !

— Non. Car ce n'est pas à vous de vous excuser vous-même, c'est à *moi* de vous excuser. Votre phrase n'était pas correcte. Allez vous asseoir.

D'accord. Le ton est donné... Je sens que ce cours va être long et que j'ai définitivement perdu les bonnes grâces de M. Richard. Je m'accroche au regard de Paola et vais m'asseoir le plus discrètement possible à ses côtés.

— Mais qu'est-ce que tu foutais ? J'ai essayé de t'appeler !

— J'étais à la bibliothèque, j'avais mis mon portable en mode avion.

— C'était pas le jour pour arriver en retard, il a l'air d'une humeur massacrante.

— Tu l'as déjà vu sourire, toi ?

— Je ne vous dérange pas trop ? Souhaitez-vous que je vous apporte un café ?

Bon, cette fois c'est clair, le prof m'a dans le collimateur. J'ai deux heures pour faire ma gentille petite élève parfaite et attentive. J'ai beau y mettre tout mon cœur et toute ma concentration, j'ai vraiment du mal à suivre entre les variables, médianes ou covariables. Je suis une littéraire, les mathématiques ont toujours été ma bête noire. Lorsque je me suis inscrite en psychologie, jamais je n'aurais imaginé me retrouver confrontée à cela. Apparemment, je ne suis pas la seule à être larguée, seuls deux ou trois élèves parviennent à répondre aux questions orales de M. Richard. Je me sens cassée dans mon élan, jusqu'à ce que sa prise de parole me redonne un peu d'espoir.

— Mes chers élèves, on ne va pas se mentir, ce n'est pas brillant. Je connais les étudiants « tout neufs » comme vous. Vous vous dites que les stats sont une matière secondaire en psychologie, que vous êtes des littéraires, pas des matheux. Et pourtant... Si vous désirez vraiment faire une carrière dans le domaine de la psychologie, les stats sont essentielles. Vous devrez savoir les manier à la perfection pour présenter un mémoire ou une thèse. Les stats ne sont ni plus ni moins qu'un outil de recherche scientifique ; alors, s'il vous plaît, faites-moi plaisir et mettez-vous au travail, soyez à la hauteur de vos ambitions. N'hésitez pas à demander de l'aide à des élèves plus âgés, ils sont nombreux à proposer leurs services sur le campus.

Cette idée avait germé en moi depuis plusieurs jours déjà, je pense prendre quelques cours particuliers. Alors que nous rangeons nos affaires, M. Richard s'adresse à nous une nouvelle fois.

— Une dernière chose, qui vous motivera peut-être : deux d'entre vous auront le plaisir de m'accompagner pour un stage à l'Institut de psychologie de Paris au printemps prochain. Je ferai mon choix au mois de décembre, c'est une occasion unique pour vous, il va de soi que je prendrai les meilleurs éléments. Vous avez les cartes en main, je vous libère, bonne journée à tous.

— Un stage à Paris ! Ce serait extraordinaire ! J'ai tellement envie d'y aller ! je lance à Paola.

— Mmouais..., me répond-elle sans conviction.

— Ça ne te branche pas ? Il l'a dit, c'est une occasion unique !

— Perso, je n'ai pas l'intention de devenir un grand ponte en psycho, je veux juste ouvrir mon petit cabinet de consultation, tranquille. On a déjà beaucoup de travail, si on doit en rajouter...

J'ai du mal à la comprendre, nous avons l'âge

d'être ambitieux. Je commence à me dire qu'elle s'est peut-être trompée de voie, elle ne semble pas emballée par la psychologie. De toute manière, ce n'est pas à moi de lui mettre un coup de pied aux fesses pour qu'elle se motive. Je suis mes résolutions : je ne m'occuperai que de moi et de mes projets.

Paola et moi sortons de la salle.

— Tu fais quoi là ? me demande-t-elle.

— J'ai une heure avant mon prochain cours, je vais passer à l'accueil pour trouver un soutien en maths et en stats.

— Tu ne préfères pas qu'on aille manger quelque chose et qu'on parle du mariage de ta sœur ?

— Non, je veux vraiment me concentrer sur les cours, j'ai envie de réussir mon trimestre.

— Pour pouvoir faire les yeux doux à M. Richard ?

Je ne m'explique pas ce ton sarcastique et ne prends pas la peine d'y répondre.

— Je veux réussir mon trimestre, c'est tout. À plus tard, Paola.

Et je la laisse là, les bras ballants, en plein couloir. Je préfère ignorer ses remarques, je me doutais qu'elle risquait de devenir méchante. Je ne souhaite pas me disputer avec elle, je sais qu'elle est dans une phase compliquée. Cependant, je n'ai pas à subir ses piques. Je flâne dans les allées, respirant à pleins poumons ; les pelouses sont encore bien vertes et les fleurs dégagent un doux parfum. Certains étudiants sont assis par terre, en groupe ou seuls, à écouter de la musique, lire ou fumer des cigarettes. L'ambiance est légère, on sent que la période des partiels n'a pas encore commencé. J'arrive gentiment jusqu'à l'accueil, résonnant de son brouhaha habituel. Cela grouille de partout ! Des grappes d'élèves distribuent des prospectus pour défendre leurs associations, d'autres sont en pleine opération séduction pour recruter au sein de leurs équipes sportives. Je me dirige vers le panneau d'affichage. Entre les annonces de soirées et les propositions de colocation, un bout de papier attire mon attention. Leon, jeune homme sérieux proposant des cours de soutien en stats et en maths. Tout ce qu'il me faut. Je décroche la dernière languette où se trouve inscrit son numéro de téléphone – preuve de son succès – et l'appelle aussitôt.

— Allô ?

— Bonjour, Leon. Je m'appelle Maya et je viens de tomber sur ton annonce à l'accueil du campus.

Tu serais dispo pour aider une pauvre étudiante en psycho larguée en stats ?

Il ne semble pas vraiment réceptif à mon humour.

— OK, tu aurais besoin de combien d'heures ?

— Très franchement, je n'en sais rien. Il faudrait déjà que tu voies mon niveau pour déterminer l'étendue des dégâts.

— Je suis libre ce soir à 17 heures, si tu veux. C'est dix euros de l'heure.

— Dix euros ? Ah ouais, quand même !

— C'est toi qui vois si tu veux des résultats ou pas. Mais, avec moi, tu es sûre de progresser.

Eh bien, on peut dire qu'il a une haute estime de lui-même ! Mais je ne suis pas en position de faire la fine bouche, j'ai vraiment besoin d'aide.

— D'accord, ça marche. On se retrouve où ?

— À la bibliothèque, dans la petite salle du fond. On pourra parler sans déranger les autres.

— Très bien, je serai là à 17 heures. À tout à l'heure alors ! Merci.

En guise de réponse, j'ai droit à trois bips. Il a déjà raccroché. Quelle amabilité ! J'espère qu'il est aussi efficace qu'il le prétend car il a l'air franchement désagréable ! Je relativise, je ne suis pas là pour me faire un ami mais pour me perfectionner et décrocher ce stage à Paris. Mon téléphone n'arrête pas de vibrer dans ma main. Je viens de recevoir dix messages WhatsApp sur le groupe de l'organisation du mariage de Leanor. Paola nous donne rendez-vous à 17 heures pour goûter des plats dans l'optique de choisir un traiteur. Je réponds.

> Désolée, les filles, je ne serai pas là, j'ai cours de soutien. Si vous voulez, on peut reporter : je suis libre demain après-midi.

Je vois que Paola est en train d'écrire, elle est au taquet.

> C'est nous qui sommes désolées, Maya, impossible de reporter. On te racontera. PS : Depuis quand tu prends des cours de soutien ?

> J'ai ma première séance à 17 heures justement. Bonne dégustation, les filles !

Voilà, discussion close, si Paola veut que je lui parle de ça, j'estime que le groupe du mariage de ma sœur n'est pas approprié. Je l'appellerai ce soir.

Je suis à l'heure pour mon cours de l'après-midi, même légèrement en avance, un peu de zèle ne fait pas de mal. Au menu : analyse du comportement, tout ce que j'aime. Je prends place au deuxième rang et prépare consciencieusement mes affaires : un stylo, mon bloc-notes ainsi que des fiches bristol pour y inscrire les notions les plus importantes. Soudain, une ombre se pose sur mes feuilles blanches, Pablo est au-dessus de moi. J'ai un sursaut à peine perceptible et me reprends vite pour lui adresser mon regard le plus assassin.

— Maya, j'aimerais te parler.

— Pas moi.

— S'il te plaît, je t'assure que tu te trompes.

— Non, n'inverse pas les rôles. *Tu* m'as trompée.

— Je te jure que ce n'est pas ce que tu crois, j'étais déchiré, je ne savais pas ce que je faisais, et on m'a forcé.

— Bon, écoute, tes explications, je n'en ai absolument rien à foutre. Que l'on t'ait forcé ou que tu te sois jeté sur elle volontairement, c'est le cadet de mes soucis. Ne m'approche plus, ne me parle plus et oublie-moi.

Il a vraiment l'air fatigué et dépité ; en temps normal, j'aurais eu pitié. Mais aujourd'hui, peu importe, je ne veux plus entendre parler de lui, plus personne ne peut me blesser. Après un silence et un regard implorant, il se décide enfin à me laisser.

— Quand tu comprendras la vérité, Maya, tu sauras que ce n'est pas de ma faute.

— Quelle vérité ? Chacun a la sienne. Bonne journée, Pablo.

Il tente de s'installer à deux places de moi. Je lui lance, tranchante :

— Non, ça, tu oublies.

Tel un animal que l'on vient de gronder pour une grosse bêtise, il prend ses affaires et va s'asseoir au fond de la salle. Bon débarras. Notre professeure est arrivée, elle s'apprête à débuter la séance. Je suis ravie de retrouver Mme Martinot, j'aime sa manière de nous exposer les choses, je ne sais pas pourquoi Paola a décidé de se désinscrire de son cours, ses propos sur le mensonge étaient très pertinents.

— Bonjour à tous, et bienvenue dans ce cours dédié à l'analyse du comportement. Nous allons poursuivre aujourd'hui l'étude du mensonge, cette fois d'un point de vue plus pratique. Première question : d'après vous, comment reconnaît-on quelqu'un qui est en train de mentir ?

Une rousse lève la main à l'autre bout de la classe. C'est Ingrid. Il ne manquait plus que ça.

— La personne qui ment ne regarde pas dans les yeux.

Mme Martinot reprend :

— Êtes-vous d'accord avec ça ? La personne qui ment ne regarde pas dans les yeux, selon Ingrid.

Je ne peux m'empêcher de dire tout bas : « Selon Ingrid, elle regarde plutôt dans le pantalon... »

— Oui, Maya ? Un avis ?

Mince ! J'ai dû parler trop fort.

— Euh... D'après moi, une personne convaincue de son mensonge n'a aucun mal à regarder dans les yeux. Demandez à Pablo, il s'y connaît.

Éclat de rire général dans la salle.

— Merci, Maya. Les cours d'analyse du comportement virent souvent au règlement de comptes... Quoi qu'il en soit, ce que vous avancez est juste. Une personne qui ment est tout à fait capable de soutenir le regard. En revanche, d'autres signaux peuvent nous interpeller, tels que des mouvements rapides de la tête mais aussi un ton de voix changeant. Soyez en alerte également si la personne en face de vous utilise beaucoup de détails. Demandez-lui de redire la même chose quelques minutes plus tard, sa version aura probablement changé de façon subtile. Chaque question que vous lui poserez ensuite sera un piège à son propre mensonge.

Je ne peux m'empêcher de réagir.

— Mais, madame, si un patient se met à mentir en pleine consultation, est-ce notre rôle de le confronter à son mensonge ? Ou doit-on plutôt tenter de l'analyser pour comprendre ce qu'il y a derrière son besoin de mentir ?

— Excellente remarque, Maya ! Je ne pensais pas qu'elle arriverait si vite ! Je vous félicite. En effet, le rôle du psychologue n'est pas de piéger son patient mais de détricoter ce mensonge pour y déceler les messages qui s'y cachent et qui nous permettront de saisir le conflit personnel du consultant.

Encore une fois, je ne vois pas le temps passer avec Mme Martinot – cette prof est fantastique. Je suis si absorbée par ses paroles que je ne prends quasiment pas de notes, tout ce qu'elle dit s'imprime automatiquement dans ma tête. La séance est terminée, j'ai déjà hâte de la prochaine.

— Au revoir, madame Martinot, et merci pour ce cours, j'apprends beaucoup de choses avec vous.

— Merci, Maya. Vous avez déjà grandement évolué depuis la rentrée ; j'apprécie votre assurance et votre curiosité, deux qualités essentielles chez un bon psychologue.

Je suis touchée par ses mots, elle voit en moi une potentielle bonne psychologue. Si je n'avais que des professeurs comme elle, j'aurais mon diplôme en trois mois ! Enfin, il faudrait que je m'améliore question stats avant... J'ai une flemme incroyable de retrouver Leon pour mon cours de soutien. Il faut dire qu'il ne semble pas très avenant. Mais je n'ai pas le choix.

Je reprends mon chemin vers la bibliothèque et tente de dénicher cette petite salle tranquille, lieu de notre rendez-vous. La voici, une pièce vitrée, bien éclairée, où se trouve un rayonnage d'ouvrages de méthodologie. Cet endroit est certainement dédié aux préparations d'exposés, au travail en groupe et aux cours de soutien. Il n'y a pas grand monde, trois personnes et... Non ! Encore lui ? Ce n'est pas possible ! Le type sur lequel j'ai renversé mes livres et que j'ai bousculé dans ma course ce matin ! *Calme-toi, Maya, il n'y aura pas de nouvelle confrontation, on dirait qu'il t'ignore royalement.* Parfait, je m'installe le plus loin possible de lui, je ne voudrais pas être contaminée par sa mauvaise humeur. C'est bien ma veine, Leon a du retard. Je jette un coup d'œil sur mon ennemi du jour, il est seul lui aussi – pas étonnant avec son comportement. Il a toute une pile de livres sur sa table, des livres… de stats ! Oh non… Ce n'est pas lui tout de même ? L'enfer ! Leon n'est autre que le pauvre type râleur ! *Allez, Maya, pense à tes cours, pense à ton stage à Paris, tu t'en fiches de lui, tu as juste besoin de son expérience.* Je prends mon courage à deux mains et me dirige vers lui. Il lève les yeux sur moi.

— Encore toi ? Tu me suis ou quoi ? Ça va être quoi, cette fois ? Un coup de poing peut-être ?

— Euh… Leon, c'est toi ?

— Mais non… Maya ?

— Oui, c'est moi qui t'ai appelé et t'ai demandé de m'aider.

Il soupire et roule des yeux, il n'a pas l'air de meilleure humeur…

— Bon, allez, assieds-toi, passons sur cette histoire et commençons à bosser.

— Merci, Leon, c'est cool. Je suis désolée pour ce matin.

— C'est bon, ça va... à moins que tu aies prévu de me casser la gueule pendant notre cours ?

Je ne sais pas comment le prendre... Finalement, il me sourit, je lui réponds également par un sourire.

— Alors, dis-moi où tu en es.

— Nulle part, les maths sont comme une langue étrangère pour moi.

— D'accord. Je vais commencer par tester ton niveau. Voici trois problèmes, tente de me les résoudre.

J'en résous un sur trois, et encore, c'était laborieux.

— OK, il y a du taf mais je pense comprendre. Tu as un défaut de logique.

— Tu veux dire que je suis bête ?

Il rit.

— Non, pas du tout. Il y a une petite case dans ta tête qui est bloquée et qui t'empêche de voir l'évidence. D'où ton problème de logique. Je sais comment t'aider. On va travailler la base de ta réflexion avant de parler formules et statistiques.

— Tu n'essaierais pas de m'extorquer plus d'argent par hasard ?

— Je veux juste que tu progresses. Après, si

je peux me faire un billet en même temps, c'est tout bénef ! Pour te montrer que je ne suis pas un escroc, je ne te fais pas payer la première heure. Tu as vu, je suis sympa, je ne suis pas rancunier pour ce matin.

— Merci, Leon, j'apprécie.

Je dois avouer que c'est très fluide. Je comprends ce qu'il me dit, c'est clair, précis, concis, il n'y va pas par quatre chemins et s'adapte à ma manière de réfléchir. Je ne dirais pas que c'est agréable, mais presque. Soudain, je regarde l'heure : 19 heures ! Cela fait déjà deux heures que nous travaillons !

— On va peut-être s'arrêter là, je suppose que tu as des cours à réviser pour demain.

— Oui. Merci beaucoup, Leon. Je te dois donc dix euros pour aujourd'hui ? lui dis-je en sortant mon portefeuille de mon sac.

— On verra ça la prochaine fois.

— La prochaine fois ?

— Oui, tu comprends peut-être plus de choses, mais il y a encore du boulot, ma petite ! Jeudi, même heure, même endroit ?

— Je serai là. Super.

— Tu as bien mon numéro, en cas d'urgences matheuses ?

— Je l'ai, merci encore, et à jeudi !

Finalement, ce n'était pas si terrible que ça, et le « pauvre type » de ce matin n'a rien d'un monstre. J'ai la tête farcie mais avec l'impression d'avoir appris et compris une multitude de choses aujourd'hui. Malgré quelques incidents, je peux parler d'une journée parfaite ! J'ai hâte de rentrer maintenant, de me poser un peu et... de me remettre à réviser !

CHAPITRE 8

Je rentre chez moi avec la satisfaction du travail accompli : je suis fière de ma journée, fière de moi. En récompense, je m'accorde une petite pause en famille avant de monter dans ma chambre. Ma mère est dans la cuisine avec mes sœurs.

— Coucou, les filles ! Alors, cette dégustation ?

Elles me regardent toutes les trois sans grand enthousiasme.

— Que se passe-t-il ? Cela ne s'est pas bien passé ?

— Si, très bien. C'est dommage que tu n'aies pas été là, me répond Leanor avec une certaine déception dans la voix.

— Je suis vraiment désolée mais j'étais en cours de soutien pour les maths, je galère vraiment. Et il faut que je vous raconte ! Je vais essayer de décrocher un stage à l'Institut de psychologie, à Paris, au printemps prochain !

— C'est bien, ma chérie, m'encourage maman.

— Super, lance Leanor sans conviction.

— Lea... Tu me fais la tête ?

— Non, je ne te fais pas la tête, mais je ne te sens pas super investie dans mon mariage, ça me blesse un peu.

— Il ne faut pas ! Je te jure, je suis très heureuse et je t'aiderai autant que je peux. Allez, pour vous montrer ma bonne foi, ce soir, c'est moi qui régale ! Sushis et organisation de mariage, ça vous va ?

— Ouiiii ! crient mes sœurs en chœur, sous le regard attendri de maman.

Nous passons une soirée très agréable à détailler les catalogues de robes de mariée. C'est émouvant d'imaginer Leanor dans cette belle robe blanche, celle de sa vie. Cette soirée entre sœurs me fait du bien, c'est vrai que je ne fais que les croiser depuis quelque temps, ou alors Paola est avec nous ; j'apprécie vraiment ce moment privilégié, mais je dois y mettre un terme.

— Les filles, vous ne m'en voulez pas trop si

je monte dans ma chambre ? Je dois réviser pour demain et je ne veux pas me coucher trop tard.

— T'inquiète, vas-y, et n'oublie pas notre rendez-vous chez le pâtissier demain après-midi pour goûter le gâteau de mariage ! me précise Sylvia.

— Je serai là, sans faute, vous me direz l'heure exacte. Bonne nuit, les filles.

— Fais de beaux rêves, me répondent-elles en chœur.

— Ah, et n'oublie pas d'appeler Paola, me lance Leanor, elle aussi était déçue que tu ne sois pas là tout à l'heure.

— Je fais ça tout de suite.

Je monte enfin, sereine. J'ai rassuré ma sœur et j'ai encore une belle journée qui m'attend demain ; il me reste maintenant à appeler Paola pour clôturer ma liste des « to do ».

— Allô ?

— Salut, ma biche, c'est moi. Ça va ?

— Oui, et toi ?

Son ton est plutôt froid mais je m'y attendais.

— Très bien, j'ai passé une bonne journée et j'ai bien avancé.

— Pas sur le mariage de ta sœur en tout cas.

— Toi aussi, tu m'en veux ?

— Ce n'est pas à moi de t'en vouloir, mais c'était pas très cool pour ta sœur.

— Je ne pouvais vraiment pas ce soir, je me rattraperai demain pour le gâteau et pour les autres rendez-vous, je l'ai dit à Leanor. Je veux vraiment m'investir dans mes cours, j'adore ce que je fais.

— Du moment que tu t'es expliquée avec Leanor… Et ton cours de soutien ? C'est quoi cette histoire ?

— J'ai trouvé quelqu'un pour m'aider en stats et en maths. Cela se passe très bien, je sens que j'ai déjà progressé.

— C'est un mec ou une nana ?

— Un mec, pourquoi ?

— Tu es sûre que ce sont ses cours qui te plaisent ?

— Qu'est-ce que tu racontes ?

— Je dis ça, je dis rien… Je veux juste te protéger après la trahison de ton Pablo, là.

— Merci de me le rappeler, mais je n'ai pas besoin d'être protégée. J'ai autre chose à penser et, comme je viens de te le dire, je suis à fond dans les études. Leon m'aide à m'améliorer.

— Ah, tu connais déjà son prénom ?

— Mais c'est normal, c'est mon prof ! C'est quoi cette question ? Quant à Pablo, je m'en fiche, il a tenté de me parler aujourd'hui, je l'ai recalé.

— Quoi ? Qu'est-ce qu'il t'a dit ?

— Les trucs habituels d'un mec qui revient la queue entre les jambes : ce n'est pas ce que tu crois, je veux t'expliquer... bref.

— Il ne faut pas que tu l'écoutes !

— Oui, je sais, je l'ai recalé, je te dis.

— Non mais, vraiment ! Fuis-le, ce gars est un menteur en puissance, il faut que tu te tiennes loin de lui !

— Pourquoi tu t'énerves comme ça ? Je te répète que je lui ai interdit de m'approcher.

— Non, je ne m'énerve pas, mais je n'aime pas quand des vautours te tournent autour et, lui, je ne le sens vraiment pas.

— Parlons d'autre chose, je sens que tu as les nerfs, là. Comment ça va toi ? L'ambiance à la maison ?

— Toujours pareil, c'est peut-être pour ça que je suis un peu tendue. Tes sœurs t'ont parlé du menu pour le mariage ? J'ai choisi le bœuf.

— *Tu* as choisi ?

— Oui. J'ai participé à tellement de mariages que j'ai dit à Leanor de se reposer sur moi, je sais comment la guider pour que le sien soit parfait.

— Ne sois pas trop autoritaire tout de même, c'est son mariage à elle ! je lance en faisant semblant de rire.

— Je ne vois pas où tu veux en venir, si tu trouves que je prends trop de place, tu n'as qu'à le dire. Mais heureusement que, moi, j'assure quand la petite sœur de la mariée préfère aller à des cours de soutien.

Je prends cette remarque gratuite en pleine face mais choisis de ne pas m'emporter, c'est ma nouvelle philosophie.

— Tu es injuste, Paola.

Silence. J'entends Paola renifler comme si elle commençait à pleurer.

— Excuse-moi… C'est juste… C'est tellement dur ce que je vis ici… et je me sens tellement seule… Pardon, je ne voulais pas m'énerver.

— Calme-toi, ce n'est pas grave. Je vais te laisser te reposer, on se voit demain de toute façon, si ce n'est pas en cours, ce sera chez le pâtissier.

— Oui, d'accord. Bonne nuit, ma chérie.

Je raccroche. En temps normal, j'aurais été

abasourdie par la tension de cette conversation mais, là, je commence à m'habituer à ne plus être naturelle avec Paola. Je suis obligée de prendre sur moi, de me rabaisser ou de changer pour qu'elle se sente bien. Et dès que je me mets à répondre un peu plus fort qu'elle, elle se met à pleurer. Je sais qu'elle ne va pas bien, mais je trouve que notre relation prend une tournure malsaine. Je ne devrais pas avoir à craindre les réactions de ma meilleure amie. Quoi qu'il en soit, je ne suis pas en mesure de la sauver, elle doit se prendre en main elle-même. Tout ce que je peux faire, c'est la soutenir et passer outre ses sautes d'humeur. Cela finira bien par se calmer... J'essaie de me convaincre alors que les phrases de Freud trottent dans ma tête ; je me souviens très bien de ma conclusion suite à leur lecture : « On ne change pas, on apprend à vivre avec ses conflits personnels... »

Cela devient un rituel, j'ouvre les yeux à 6 heures pétantes ce mardi matin. J'ai une telle motivation que je ressens à peine les effets d'une nuit trop courte. Je me sens battante, prête à tout affronter. En deux jours, mon état d'esprit a changé et, pour l'instant, je n'y vois que du positif ! Je ne me prends plus la tête pour rien, je ne subis plus les événements, j'agis au lieu de réagir.

Je fais un brin de toilette, saute dans mon nouveau jean favori, me prépare un thermos de thé tchaï, et direction la bibliothèque avant mes cours. Comme la veille, je suis à 7 heures sur place, il y a un peu plus de monde qu'hier mais le silence règne. Je retrouve ma petite table près du rayon psychologie et sélectionne une nouvelle pile de livres à parcourir. Au moment de retourner à ma place les bras chargés, je tombe sur Leon.

— Tu évites de me rentrer dedans cette fois-ci ? me dit-il avec un sourire craquant qui laisse apparaître sa fossette en étoile.

— Ne t'inquiète pas, je mise sur la prudence aujourd'hui, et je dois avouer que j'ai moins envie de te maltraiter qu'hier.

— D'accord, celle-là je l'ai bien méritée ! Bonne journée, Maya.

— Toi aussi.

Je prends place sur ma chaise et m'aperçois que j'ai toujours le sourire aux lèvres tandis que je repense à son regard noisette parsemé de paillettes dorées. *Ah non, Maya, tu ne vas pas craquer pour ton prof ! Hors de question, les mecs c'est fini ! En tout cas pour cette année. Et on a bien dit : on ne se laisse plus submerger par les émotions !* C'est bon, je me suis fait mon auto-recadrage, je peux me plonger dans mes livres. Mais ça m'ennuie quand même d'avoir eu cette réaction, je ne voulais pas penser à lui autrement que comme à un prof. De toute manière, cela se voit qu'il n'en a rien à faire de moi, je lui rapporte de l'argent, point barre... *Stop, Maya ! Tu dérives, là !* Je me reprends, Freud a décidément raison : nous n'avons pas de contrôle sur notre inconscient... Je vais tenter de prouver le contraire.

Après quelques heures à la bibliothèque, je rejoins mon cours en option : les mathématiques. Je l'appréhendais énormément, mais force est de constater que je m'en sors plutôt pas mal – enfin, disons que je comprends ce que le prof raconte, et c'est déjà beaucoup ! En sortant, je regarde mes messages : rien sur le groupe WhatsApp, rien de la part de Leanor, Sylvia ou Paola. C'est bizarre, nous avions pourtant rendez-vous à la pâtisserie, elles devaient juste me tenir au courant de l'heure. En attendant de leurs nouvelles, je retourne à la bibliothèque, mon nouvel endroit préféré. Je me délecte de tous ces ouvrages passionnants en dégustant lentement mon thé. Je checke tout de même mon portable régulièrement : toujours rien. Je tente discrètement d'appeler Paola : répondeur. Mes sœurs : répondeur. Je n'y comprends rien. Il est déjà 16 h 30, je décide de reprendre le chemin de la maison. Le rendez-vous a peut-être été annulé... J'arrive devant chez moi, et vois les voitures de Leanor et de Paola. Elles sont donc là ! Je me dépêche de les rejoindre.

— Bah alors, les filles ? On va à la pâtisserie ou pas ?

— Tu rigoles ou quoi ? me lance Leanor.

— Comment ça ?

— On en revient ! On t'a attendue pendant plus d'une heure !

— Hein ? Mais c'est impossible !

— Je croyais que tu n'avais pas cours cet après-midi !

— Oui, mais j'attendais de vos nouvelles ! Je suis restée à la fac car c'était plus près de la pâtisserie !

Leanor s'énerve vraiment cette fois :

— Mais dis-le si mon mariage ne t'intéresse pas !

— Pas du tout ! C'est un malentendu !

Elle ne m'écoute même pas, elle s'en va et saute dans sa voiture, me laissant dans l'incompréhension la plus totale. Sylvia baisse les yeux et, à présent, c'est Paola qui s'occupe de mon cas.

— Franchement, Maya, c'est abusé. Ta sœur s'apprête à vivre le plus grand jour de sa vie, et tu ne l'accompagnes même pas.

— Paola, je te jure que j'ai attendu de vos nouvelles toute la journée !

— Paola a envoyé un message tôt ce matin sur le groupe « Leanor's wedding ». Tu n'as pas répondu.

Je regarde mon téléphone, je ne vois absolument rien, je le montre à Sylvia.

— C'est bizarre..., dit-elle. Les derniers messages datent d'hier, nous avons tout de même pas mal échangé aujourd'hui... Effectivement, il n'y a rien.

Dans le même temps, Sylvia me montre son téléphone, j'y découvre tous les messages que Paola et mes sœurs se sont envoyés.

Soudain, je percute. Sur le portable de Sylvia, j'ai aperçu le nom du groupe, « Leanor's wedding » avec deux « d »... Je dois vérifier. Je rouvre l'application et vois écrit en toutes lettres « Leanor's weding » avec un seul « d » ! Paola a créé un autre groupe avec la bonne orthographe sans m'y ajouter ! Je lui montre mon écran, sidérée.

— Paola, tu as créé un nouveau groupe ?

— Comment ça ?

— Au lieu de simplement modifier ta faute d'orthographe, tu as créé un nouveau groupe et tu as oublié de me mettre dedans !

— Cela m'étonnerait vraiment, Maya.

— Eh bien, regarde !

Elle prend le temps de vérifier sur mon téléphone et se met la main sur la bouche.

— Oh ! c'est pas vrai ! J'ai dû faire une fausse manip, je suis désolée ! Tu sais, je ne maîtrise pas trop tout ça.

— Ah ouais ? C'est marrant, tu es super à l'aise sur Insta et les réseaux sociaux d'habitude.

— Ne t'énerve pas, je te dis que ce n'est pas de ma faute !

— Tu plaisantes ? C'est moi qui paie pour tes conneries ! Tu as intérêt à rattraper le coup avec Leanor ! Hors de question que je passe pour la méchante !

Les larmes montent aux yeux de Paola, Sylvia

se dépêche de la prendre dans ses bras pour lui apporter du réconfort.

— Maya, tu ne vois pas qu'elle se sent déjà assez mal ? Laisse-la tranquille maintenant.

— Bah voilà, c'est ce que je disais, je passe encore pour la méchante.

— Je suis désolée, Maya. Ne t'inquiète pas, j'appelle Lea tout de suite, lâche Paola d'une voix tout aiguë.

— Non, Paola, je m'en occupe. Il n'y a pas de problème, calme-toi, tout va bien.

Se mettre à pleurer pour ça, je trouve que c'est à la limite du pathétique. Je n'ai rien à me reprocher, c'est moi la victime de la situation ! Ma sœur ne me parle plus à cause d'elle ! J'essaie de respirer à fond, de me calmer et de laisser mes émotions de côté. Peut-être ai-je été un peu dure en effet. *Ne pas me laisser submerger...*

— Paola, je ne voulais pas m'énerver mais la réaction de Leanor m'a vraiment fait mal. Je te prie d'accepter mes excuses, mais j'aimerais que tu règles le problème parce que tu en es à l'origine.

Sylvia et Paola me regardent, étonnées par ma reprise en main et mon pragmatisme. C'est Sylvia, en tant qu'arbitre, qui clôt le débat :

— Allez, les filles, tout va bien, on passe à autre chose. Leanor est aussi un peu nerveuse à l'approche de son mariage. Nous sommes toutes à fleur de peau, nous allons nous calmer et reprendre là où nous en étions. Gros câlin !

Elle nous prend toutes les deux dans ses bras. Les câlins de Sylvia ont le don d'apaiser et de réconcilier les gens, elle est si douce quand elle veut…

Comme à mon habitude – enfin, depuis deux jours – je respire à fond pour me calmer et ne pas me retrouver dépassée par des émotions toxiques, nocives. Je décide de laisser les filles régler le problème et je monte dans ma chambre. Je me pose sur mon lit et continue mes exercices de respiration. Lorsque je me sens enfin détendue, je prends mon téléphone pour envoyer un message à Leanor.

Je te demande pardon pour ce qu'il s'est passé aujourd'hui. Je suppose que les filles t'ont expliqué… Je ne veux pas me disputer avec toi, tu comptes tellement pour moi, je ne souhaite que ton bonheur et je n'ai aucune envie de te décevoir. Je suis là pour toi. Je t'aime.

Certainement touchée par ma sincérité, Leanor me répond tout de suite.

> C'est moi qui te présente mes excuses. Je suis un peu stressée en ce moment, ma vie est en plein chamboulement, et j'ai du mal à garder la tête froide. Je sais que tu seras toujours là, je t'aime.

— Moi aussi, je t'aime tellement, Lea…, dis-je à voix haute.

Je tiens à rester loin des conflits, embrouilles et disputes, mais pas au prix de laisser des malentendus s'insinuer dans ma famille. Ils sont tout pour moi. Je repense à ces deux dernières heures et me dis que j'ai dû profondément blesser Paola. À cet instant, j'entends sa voiture démarrer. Je regarde par la fenêtre, elle adresse un au revoir à Sylvia, les yeux visiblement embués. Je lui envoie un message à elle aussi.

> Pardon de m'être emportée tout à l'heure. Je ne voulais pas être si dure avec toi, une erreur peut arriver, ce n'est pas grave. Je tiens à ce que tu saches que je ne t'en veux pas, ma réaction était disproportionnée… #BFF

Elle me répond quelques minutes plus tard, certainement après être rentrée.

Je suis honteuse. Si j'avais été à ta place, j'aurais été bien plus violente. Je ne t'en veux pas non plus, bien sûr, tu me manques.

S'ensuit une discussion par SMS bien plus agréable dans laquelle vannes, taquineries et confidences sont de la partie, nous avons retrouvé notre entente. Je suis soulagée, tout semble revenir à la normale. Quelle journée étrange ! L'atmosphère est électrique ! Maintenant que tout est arrangé, j'ai envie de prendre un bain, bouillant, interminable, jusqu'à ce que les rides se propagent à toute ma peau. Je me plonge dans la mousse avec une playlist méditation. L'odeur de jasmin qui se dégage de mes bougies me fait fermer les yeux. Je me sens bien. Mes problèmes s'échappent peu à peu de ma tête, et je suis pleine d'espoir... Je m'imagine dans quelques mois, à Paris...

Après une soirée en toute détente et une nuit d'une longueur indécente, me voilà réveillée par mon téléphone. Paola m'a ajoutée au groupe « Leanor's wedding » avec deux « d », preuve que tout s'est arrangé ; cela me fait sourire. Ce sera une bonne journée, j'en suis sûre. J'ai des cours plutôt agréables aujourd'hui, dont un pour perfectionner notre expression orale. J'y retrouve Paola, et nous passons un moment très sympa. Le professeur nous aide à améliorer notre articulation et notre posture en public. Autant vous dire que cette séance donne lieu à pas mal de fous rires avec les élèves. Sur cette bonne lancée, Paola et moi nous accordons un déjeuner à deux pas du campus. Alice et Antonio nous écrivent et nous leur proposons de nous rejoindre à la terrasse du restaurant libanais. Antonio débarque comme un petit chiot surexcité par sa nouvelle balle qui couine :

— Coucou, les beautés ! J'ai un meeeeeeeeeec !

— Nooooooon ! Sérieux ? nous exclamons-nous, Paola et moi.

— Oui ! Il est génial ! Et vu qu'il est barman dans un bar de fou, je vous annonce que samedi prochain c'est... SOIRÉÉÉÉÉÉÉÉE ! ! ! Vous n'aurez rien à payer, c'est mon doudou qui régale, mes chéries !

— Trop bien ! lance Paola.

— C'est vrai que ça fait un moment qu'on n'a pas passé une soirée ensemble. Je suis partante !

Antonio, je l'adore. Une joie de vivre à toute

épreuve, une boule d'amour et un soutien sans faille. Il illumine toutes les personnes qui l'approchent.

— Au fait, ma belle, Paola m'a dit que tu prenais des cours de soutien ? Tu as des problèmes à la fac ?

— Non, pas vraiment, mais j'aimerais me perfectionner dans les stats. Je veux obtenir de bonnes moyennes pour postuler à un stage à Paris au printemps prochain.

— Super ! Et alors, ça marche ? Leon est un bon prof ?

Là, il m'a séchée. Comment peut-il connaître son nom ?

— Comment tu sais qu'il s'appelle Leon ?

— Heureusement que ta copine la blonde nous raconte un peu ta vie, sinon on ne saurait pas grand-chose.

Paola se tourne vers moi.

— Tu m'en veux, ma puce ? Il voulait des nouvelles…

— Non, pas du tout, pas de souci… C'est juste un prof…

Antonio réagit.

— Oui, bien sûr… Juste un prof…

— Qu'est-ce que tu insinues avec ce petit ton ironique ?

— Rien, je te taquine.

— Je suis on ne peut plus sérieuse en ce moment, j'ai pris plein de résolutions, dont la première : les mecs, c'est terminé !

Là, mes trois amis éclatent de rire en chœur.

— Mais si, je vous assure !

Alice prend le relais.

— Ma biche, on te le dit tout le temps : tu es une « amoureuse de l'amour », tu ne peux pas vivre sans. Mais on t'aime comme ça, tu es adorable.

C'est drôle mais je n'aime pas que l'on me qualifie d'« adorable ». Cela ne fait pas partie de ma nouvelle personnalité. Je ne suis pas soumise, en proie à mes pulsions ou à la recherche de papillons dans le ventre. Tout cela est bel et bien terminé. Mais à quoi bon me justifier ? Ils verront par eux-mêmes que j'ai changé et hiérarchisé mes priorités.

— Bon, les amis, je vais rentrer.

— Déjà ?

— Oui, je veux réviser mes cours.

— Ouh là là, ce que tu es devenue sérieuse !

— Je vous l'ai dit ! Bisous, les chéris, et à samedi alors ! Paola, je te vois demain.

Des bouchons pour rentrer chez moi un mercredi après-midi ! Je ne m'y attendais pas ! Je m'apprête à lancer une petite partie de Candy Crush pour patienter quand je reçois un SMS.

Toujours OK pour demain 17 heures ?

Je dois avouer que j'ai un petit coup au cœur en voyant le message de Leon.

Oui, avec plaisir.

Mais nooooooon ! Pourquoi ai-je écrit « avec plaisir » ? C'est n'importe quoi ! Je suis censée y aller pour travailler… Oh ! mon Dieu, j'ai honte, je dois me rattraper.

J'ai dit « avec plaisir » car j'adore cette bibliothèque.

Oh ! c'est pas vrai, c'est encore pire ! Je n'envoie plus de messages ! Fini ! Et il me répond en plus !

Dommage, j'aimais bien ton enthousiasme pour mon cours.

Je souris comme une idiote, coincée dans ma voiture… Je secoue la tête très fort pour m'empêcher d'avoir ce genre de pensées. Mon but est de travailler et de réussir mon trimestre, un point c'est tout ! De plus, il ne faut pas que j'oublie que, lors de notre rencontre, Leon s'est montré particulièrement désagréable. Je suis tirée de mes questionnements en entendant des coups de klaxon. L'embouteillage s'est fluidifié, je ne m'en étais même pas aperçue ! Je crois qu'il faut vraiment que je me repose un peu.

J'arrive enfin chez moi, on dirait qu'il n'y a personne. Tant mieux, j'ai la flemme de faire la conversation ce soir. Je monte directement dans ma chambre, devenue véritablement mon « antre » ces derniers temps, mon lieu de concentration, de calme, mon havre de paix. J'enfile une tenue plus confortable, ce vieux jogging dont seuls quelques intimes connaissent l'existence. Je m'assois sur mon lit, entourée de mes coussins moelleux, des sons de nature dans mes AirPods, et je passe en revue tout ce que j'ai appris, c'est décidément ma meilleure technique de révision…

Je me réveille dans la même position douze heures plus tard ! Incroyable, nous sommes déjà jeudi ! Je devais avoir du sommeil à rattraper ! Je me lève en catastrophe, je ne veux pas déroger à mon petit rituel, celui de passer à la bibliothèque avant les cours. C'est bon, je suis dans les temps, j'arrive seulement un quart d'heure plus tard que d'habitude. Je me dirige vers ma table fétiche, quand je m'aperçois qu'elle est déjà occupée. Surprise, c'est Paola !

— Qu'est-ce que tu fais là ? Ce n'est pas ton truc, les bibliothèques !

— Salut, ma chérie ! J'étais en forme ce matin, et c'est vrai qu'avec ces préparatifs de mariage je perds un peu de vue les cours. Je suis comme toi, je veux réussir mon trimestre, alors je me suis mis un coup de pied au derrière !

— Bravo ! Je suis fière de toi !

Nous révisons silencieusement l'une à côté de l'autre pendant une bonne heure. J'ai rarement vu Paola aussi studieuse. Après un petit déjeuner bien mérité à la cafétéria, nous nous séparons pour rejoindre nos cours respectifs. Ma journée est axée sur la médecine et la science, deux matières où je ne suis pas au top, mais je m'accroche. Plus les heures défilent, plus une certaine excitation grandit en moi. Je refuse de croire que c'est parce que je retrouve Leon tout à l'heure. Pourtant, quand arrivent 17 heures, je me sens plutôt joyeuse. Je retourne à la bibliothèque et le retrouve dans la petite salle vitrée. Il est en pleine discussion avec…

— Paola ?

— Ah ! salut, ma puce. Je parlais avec ton prof !

— Oui, c'est ce que je vois ! Vous vous connaissez ?

— Maintenant oui ! Je me rappelais que tu avais un cours en fin de journée, alors j'ai voulu passer te faire un petit coucou ! Bon, allez, je vous laisse travailler ! À plus, ma chérie, on s'appelle ?

Elle passe tout près de moi en me frôlant et me glisse à l'oreille :

— Je comprends que tu aies envie de faire des progrès, coquine !

Je suis très gênée par sa remarque, que je trouve déplacée. Est-ce trop demander que d'avoir un petit espace rien qu'à moi sans avoir à me justifier ? Une fois encore, je prends sur moi, je ne vais pas m'énerver pour quelque chose d'aussi futile, mais je suis clairement agacée.

— Salut, Maya. Tu es prête ?

— Oui. Désolée pour Paola, j'espère qu'elle ne t'a pas embêté…

— Non, on ne peut pas dire ça, mais elle m'a l'air d'être un sacré numéro, ta copine !

— Comment ça ?

— Oh ! pour rien... Elle sait ce qu'elle veut, quoi ! Allez, viens, on s'y met !

Je ne sais pas comment interpréter sa réponse, mais elle ne me plaît pas beaucoup. Tant pis, au travail maintenant. Nous restons ensemble une heure et demie, je comprends tout ce qu'il m'explique et adopte sa méthode de travail. Je suis à jour dans tous mes cours, c'est inespéré ! Au vu de mes progrès, il me propose d'avancer sur le programme pour nos séances suivantes. Jamais je n'aurais cru être aussi à l'aise en mathématiques. Au moment de ranger mes affaires, je sors mes billets pour le payer. Il fait un geste de la main pour les refuser.

— On verra cela la semaine prochaine.

— Tu m'as déjà dit ça la dernière fois ! Je te le dois, cet argent !

— Ce que tu me dois, c'est de décrocher ce stage pour Paris !

— Alors, laisse-moi au moins te payer un verre après notre prochain cours.

— Pourquoi pas maintenant ?

Ton amour pour me sauver

Je n'en reviens pas de lui avoir proposé ça et je n'en reviens pas qu'il ait accepté. Je sors un peu du chemin tout tracé que je m'étais fixé pour cette année. OK, j'y vais... Mais sans aucune arrière-pensée !

CHAPITRE 9

Pas de tapas, ni d'amuse-bouches français un poil pompeux... Leon et moi sommes attablés dans un *diner* typiquement américain, les banquettes sont en similicuir rose et turquoise, la musique des années soixante qui y résonne provient d'un juke-box, et les employés sont vêtus d'un tablier crème kitch à souhait. L'établissement est clairement décoré pour accueillir les étudiants, cependant il y a principalement des couples, de tout âge. Rien de glamour là-dedans, nous sommes en train de dévorer des burgers à pleine bouche.

— Tu veux boire quelque chose ? me demande Leon. Tu es plutôt eau plate ou soda ?

— Un verre de blanc fera l'affaire.

Il sourit, se lève et se dirige vers le bar sous mon regard surpris. Je le vois parlementer avec la serveuse pendant une bonne minute puis il revient, l'air satisfait. Quelques secondes après, Ginger (c'est son pseudo américain) approche de notre table et ouvre une bouteille de chablis. J'explose de rire.

— Cette soirée est improbable !

— Pas plus que le fait que nous nous entendions bien. Je te rappelle que, la première fois que nous nous sommes parlé, tu venais de me casser le pied !

— Tu n'abuses pas un peu là ?

— Certainement, mais j'adore te faire culpabiliser, cela fait ressortir tes fossettes.

À cet instant, il tend sa main vers mon visage et me caresse la joue. Je sens une bouffée de chaleur monter dans ma poitrine, mais ça me rappelle vaguement ce que j'ai vécu il y a à peine quelques jours avec Pablo. Je recule brusquement.

— Pardon, je ne voulais pas te faire peur.

— Non, ce n'est pas ça... Mais notre relation semble prendre une tournure que je n'ai pas envisagée. Ou plutôt que je refuse, pour être totalement honnête.

— Que tu refuses ? Pour quelle raison ?

— Je n'ai pas envie de m'expliquer. Tout ce

que tu dois savoir, c'est que je ne veux pas de relation ambiguë... En fait, je ne veux pas de relation tout court.

— Maya, Maya... Qu'est-ce qui a bien pu t'arriver pour que tu sois d'une telle froideur par moments ?

— Rien du tout. Je me concentre sur mes priorités, c'est tout. Je vais très bien.

— Mouais... J'ai du mal à y croire. J'ai l'impression que ce n'est pas toi qui parles mais que tu récites un discours tout préparé.

— Absolument pas. N'essaie pas de m'analyser, c'est moi qui étudie la psycho.

— Je m'y connais pas mal aussi et je sens un malaise.

— Ne cherche pas de problème là où il n'y en a pas.

— Si, je crois qu'il y en a un. Il ne s'appellerait pas Paola, par hasard ?

— Hein ? Mais non ! Pourquoi tu me parles de Paola ?

— Je sens... comme une emprise de sa part sur toi.

— Dis donc, tu ne serais pas scénariste, toi, pour inventer des trucs comme ça ? je lui balance en riant… à moitié. Qu'est-ce qui te fait penser qu'elle serait toxique pour moi ?

— Toxique ? Ce n'est pas moi qui ai employé ce mot ! C'est très significatif, je trouve…

— Tu te trompes. Elle est ma meilleure amie depuis des années et elle vit une période difficile en ce moment. Mais d'où tu sors toutes ces mauvaises choses sur elle ? Elle t'a dit quelque chose en particulier ?

— Peu importe ce qu'elle dit, je lis à travers les mots et, entre vous, ça ne me paraît pas être une amitié équilibrée.

— Tu essaies de me monter contre elle pour m'avoir pour toi ?

— Tu vois ? Pourquoi cette méfiance alors que nous parlons calmement ? On dirait que tu es conditionnée pour la défendre, pour lui plaire !

Là, il commence à m'agacer. De quel droit se permet-il de me juger ? Il ne me connaît pas et m'invente une vie !

— Changeons de sujet, tu veux bien ?

— Si tu le souhaites… Mais je pense que cela te ferait du bien d'en parler.

Moi qui ne voulais plus me laisser impacter par mes émotions, je sens que ma gorge est en train de se nouer et que les larmes me montent aux yeux – impossible de dire pour quelle raison. Leon semble s'en apercevoir. Il pose sa main grasse sur la mienne, tout aussi grasse.

— Je ne veux pas te faire pleurer, je veux te faire parler. Cela se voit, tu en as gros sur le cœur, tu fais semblant d'être forte mais c'est un moyen de te voiler la face. Tu n'as pas à être dépendante de qui que ce soit, même de ta meilleure amie. Tu n'as pas de comptes à rendre, tu es assez intelligente pour diriger ta vie, seule.

— Tu veux devenir mon thérapeute en plus d'être mon professeur ?

— Maya, tu n'as pas besoin d'être sur la défensive avec moi. Tu peux me faire confiance.

— Le dernier qui m'a dit ça...

— Eh bien, raconte-moi, j'aimerais en savoir plus sur toi. Tu es quand même ma meilleure élève, lance-t-il en me faisant un clin d'œil.

Je baisse ma garde. C'est vrai que j'ai envie de lui faire confiance. Oh ! et puis, qu'est-ce que je risque ? Alors, je ne sais pas comment ni pourquoi, mais je me mets à tout lui raconter : l'histoire avec Pablo, mes problèmes avec Paola, le mariage de ma sœur, je lui déballe absolument tout. Juste au moment où j'estime ne plus rien avoir à dire, les lumières du restaurant commencent à s'éteindre les unes après les autres, il est temps de quitter les lieux. Pour autant, Leon reste calme et patient, il m'a écoutée très attentivement du début à la fin, sans intervenir et sans juger, comme... comme un véritable ami. Le silence s'installe à présent entre nous, pas le genre de silence qui met mal à l'aise. Non, celui-ci est plutôt apaisant, voire réconfortant. Soudain, il prend sa veste et se lève brusquement.

— On s'en va ?

— Je t'ai ennuyé avec mes histoires, c'est ça ?

— Terriblement, je dois prendre l'air.

Je ne sais pas comment réagir. Vexée et à fleur de peau, je me lève à mon tour sans le regarder. Par surprise, il attrape mon poignet et m'attire contre lui. Il me serre dans ses bras, mon corps se laisse aller contre son torse, mais ma tête s'y refuse. Cela me fait du bien pourtant. Il m'embrasse sur le front, comme s'il voulait me protéger ; je ne le connais que depuis quelques jours mais je me sens en sécurité avec lui. Qu'est-ce que je suis en train de faire ? C'est n'importe quoi. Je me décolle de lui et me dirige vers la sortie. Nous

nous retrouvons dehors, l'air est doux, les terrasses sont bondées, les gens s'amusent, je les observe avec une certaine mélancolie. Je ne comprends pas pourquoi je me sens aussi seule en cet instant. Me confier à Leon m'a libérée et rendue triste à la fois. Je me suis rendu compte que je n'étais peut-être pas si heureuse que cela, finalement. Il a raison. Ma détermination affichée de ces derniers jours n'est qu'une façade pour ignorer ce que je ressens. Leon se poste face à moi pour capter mon regard.

— Tu vas bien, Maya ?

— Très bien.

— Tu regrettes de m'avoir raconté tout ça ?

— Je ne sais pas.

Il est maintenant tout près de moi, pile à la distance qui annonce un baiser dans les trois secondes à venir. Je tourne la tête et me remets à marcher vers ma voiture.

— Il y a un problème ? Attends-moi au moins !

— Non, pas de problème. Je dois rentrer, c'est tout.

Il m'attrape par la main, je suis bien obligée de lui faire face.

— Excuse-moi, j'ai peut-être été maladroit ou trop rapide.

— Maladroit, oui ; rapide, non, puisqu'il n'y aura rien entre toi et moi.

— Ça a le mérite d'être clair, rétorque-t-il en souriant. Je ne te force à rien, Maya. Tu es encore blessée par ce qui est arrivé avec le dernier garçon qui est passé dans ta vie. D'une, je ne suis pas comme ça et, de deux, je suis vraiment attiré par toi, par ton esprit, ta personnalité. Ta fragilité, aussi. Je sais, c'est très soudain, et je n'ai jamais dit ça à une fille que je venais de rencontrer. Encore moins à une fille qui me fonce dedans à tout bout de champ !

Nous rions tous les deux.

— Tu n'es pas prête, je respecte ça. On oublie cette tentative de baiser avortée et je redeviens ton prof ?

Il me tend la main pour que je la lui serre cordialement, et j'obtempère volontiers. C'est classe ce qu'il vient de faire, vraiment. Il me raccompagne à ma voiture.

— Avec le burger que vous venez de m'offrir, j'ai l'honneur de vous annoncer, chère élève, que vous avez droit à deux cours gratuits.

— Tu oublies les sauces, disons trois !

Nous nous prenons dans les bras pour nous dire au revoir, comme deux amis proches. J'ai l'impression qu'il s'agit de l'une des relations les plus saines que j'aie eue depuis bien longtemps.

Alors que je m'apprête à atteindre mon pâté de maisons, mon téléphone sonne. C'est un numéro inconnu, je décroche.

— Oui ?

Je n'entends rien puis on me raccroche au nez. Une erreur, sans doute. Toutefois, on m'appelle à nouveau.

— Allô ?

— Maya ?

Je crois reconnaître vaguement cette voix.

— J'ai besoin de te parler, Maya.

— Pablo ?

— S'il te plaît, je ne te demande que quelques minutes.

— Je pensais avoir été claire, Pablo : laisse-moi tranquille.

— Je veux te dire la vérité sur l'autre soir.

— Pas besoin d'exposer une vérité, j'avais des preuves devant moi.

— Tu peux au moins m'écouter, Maya. Je

commençais vraiment à m'attacher à toi. D'ailleurs, je n'arrête pas de penser à toi !

— Je vais raccrocher maintenant.

— Je t'en prie, Maya, il faut que tu saches tout… Ta copine Paola…

Bip… Bip… Bip…

Je l'avais prévenu, j'ai raccroché. L'entendre aussi plaintif et dans un rôle de victime me dégoûte définitivement de lui. Je suis quand même intriguée. Pourquoi a-t-il parlé de Paola ? Ils ne sont même pas proches. D'ailleurs, Paola ne l'aime pas. En même temps, j'ai le sentiment qu'elle n'apprécie aucun des hommes qui m'approchent mais, avec lui, il y avait vraiment un problème. Je décide d'arrêter de cogiter. Le passé, c'est le passé, cela ne sert à rien de ruminer des pensées négatives. Arrivée chez moi, je vais tranquillement me coucher en retraçant les bons moments de cette journée – elle a été surprenante, agréablement surprenante.

Le lendemain matin, je me rends une nouvelle fois avec entrain à la bibliothèque avant mes deux cours du jour. Je vais retrouver notre cher M. Richard, et j'ai hâte de lui montrer mes progrès.

Une fois n'est pas coutume, ce sont donc des bouquins de maths qui couvrent la surface de ma table aujourd'hui ! Je les ouvre avec assurance, avant de me dire que j'ai peut-être été un peu ambitieuse... Certes, je me suis améliorée, mais je ne suis pas non plus Einstein. Je vais revoir mes prétentions à la baisse, on verra cela après trois ou quatre nouveaux cours avec Leon. Alors que je me contente de prendre quelques notes, une main cognant sur le plateau de la table me fait sursauter. C'est Pablo.

— Maya, il faut que tu m'écoutes !

— Mais tu es dingue ? Tu m'as fait une peur bleue !

— Écoute-moi, je t'en prie !

— Non, laisse-moi.

— Je t'offre un café.

— Non.

— Un thé alors !

— Mais non ! Je me fous du menu, c'est *toi* que je ne veux plus voir, qu'est-ce que tu ne comprends pas là-dedans ?

Il attrape mon poignet.

— Lâche-moi, tu me fais mal.

— Pas tant que tu ne m'auras pas écouté !

— Dégage, je te dis.

— Non, viens avec moi.

— Si tu ne me lâches pas, je hurle.

D'un coup, il est projeté contre une rangée d'étagères.

— Tu la laisses tranquille maintenant !

C'est Leon qui vient de débarquer tel un super-héros. Il maintient Pablo avec un bras sur sa poitrine.

— Maya t'a dit qu'elle ne voulait pas venir avec toi, la moindre des choses, c'est de la respecter.

— Mais tu es qui, toi ? Son nouveau mec ?

— Si c'était le cas, je t'aurais déjà cassé la gueule depuis longtemps. Pablo, c'est ça ?

— Comment tu le sais ?

— J'ai entendu parler de toi. Pas en bien.

Pablo se tourne à nouveau vers moi.

— Maya, s'il te plaît, je veux juste que tu m'écoutes. C'est ta copine qui a tout manigancé ce soir-là.

— Arrête de raconter n'importe quoi.

— Mais si, je te jure. Je ne voulais pas boire d'alcool, mais elle n'a pas arrêté de me servir, elle en ajoutait même dans mon verre quand j'avais le dos tourné.

— Mais bien sûr ! Et pour décuver, tu t'es dit que rouler une pelle à Ingrid serait un excellent remède.

— Non, c'est Ingrid qui m'a collé contre un arbre ! J'étais complètement bourré, ou même défoncé, j'ai peut-être ingéré d'autres trucs à mon insu... je ne savais plus ce que je faisais, et c'est Paola qui a dit à Ingrid que je voulais qu'elle se jette sur moi. Elle ne savait pas qu'on était ensemble.

— Tu me gonfles, je ne veux plus t'écouter. Accuser ma meilleure amie, c'est, c'est... dégueulasse !

— Il fallait que tu saches. Et il y a autre chose...

Leon prend la parole.

— Hé, mec, je pense que tu devrais t'arrêter là. Viens, je te raccompagne dehors.

— Maya, écoute-moi !

Mais Leon, que je trouve tout à coup étonnamment gentil avec Pablo, l'emmène déjà vers la sortie.

— Maya, je t'aime ! Je t'aime, Maya !

Alors là, je suis scotchée. Je reste debout, figée, de longues minutes, le temps que Leon revienne. Tout le monde me regarde dans la bibliothèque, j'évite leurs airs interrogateurs. Mon sauveur est enfin de retour.

— Tout va bien ? Il est parti ?

— Oui, ne t'inquiète pas, il est parti. Tu as eu ta séquence émotion, aujourd'hui !

— C'est dingue, je crois qu'il a pété les plombs !

— Il voulait juste te parler…

— Tu ne vas pas le défendre quand même ?

— Pas du tout, c'est loin d'être intelligent ce qu'il a fait, mais il voulait te raconter sa version des faits.

— Peut-être, mais c'est n'importe quoi.

— Tu en es sûre ?

— Attends, tu rigoles ? Il a accusé ma meilleure amie d'avoir monté tout un plan contre moi ! Le gars est fou, je te dis !

— Il n'est peut-être pas si fou que ça.

— Tu ne vas pas t'y mettre toi aussi ?

— J'ai pas mal réfléchi à tout ce que tu m'as raconté hier soir. Il y a clairement une personne nocive dans ton entourage, et ce ne sont pas tes sœurs.

— Non, je ne peux pas y croire.

— Là encore, tu n'es peut-être pas prête.

— Stop ! On arrête de parler de ça. Contente-toi de m'aider en maths !

— OK, OK ! À vos ordres, chef ! J'aime bien quand tu es autoritaire comme ça !

— Tu es bête, réponds-je en lui adressant un sourire complice.

Le moins que l'on puisse dire, c'est que ce vendredi débute de la plus bizarre des façons. Notre leçon particulière est un peu improvisée aujourd'hui, elle n'était tout simplement pas prévue. Je me sens inspirée et réceptive aux conseils de Leon, j'ai l'impression que toutes les cases de mon cerveau sont ouvertes et rien ne peut m'arrêter intellectuellement. Nous entendons au loin l'horloge de la fac sonner les coups de 9 heures. Je salue Leon – comme un prof, cordialement – avant de me rendre tranquillement à ma séance de statistiques. J'y retrouve Paola, c'est le seul cours que nous avons en commun aujourd'hui. Contrairement à d'habitude, je me montre très participative. Je lève la main à chaque question et m'illustre par mes réponses.

— Ton prof doit être sacrément motivant, me glisse Paola à l'oreille.

Je lui réponds du tac au tac :

— Au moins tu as la preuve que nous ne faisons que travailler !

Je suis un tantinet sur la défensive. Bien sûr, je ne crois pas les dires de Pablo, mais je ne peux pas m'empêcher d'éprouver une certaine méfiance envers Paola. Leon semble penser que Pablo est sincère, alors qu'il n'a aucun intérêt à défendre mon ex. Voilà encore des tergiversations qui risquent de m'éloigner de mon objectif, je les chasse donc de mon esprit pour me focaliser sur ce cours, primordial si je veux décrocher mon stage. Je déjeune ensuite sur le pouce avec Paola, un sandwich au thon indigeste acheté au distributeur du notre bâtiment. Assises sur un banc, nous faisons des projets pour la soirée du lendemain.

— Et si on retournait dans le bar de la dernière fois ? Il fait encore beau, ce serait bien de profiter de la terrasse, propose Paola.

— Oui, bonne idée, je te laisse prévenir les autres ?

— D'accord, je m'en charge. En plus, les cours, c'est fini pour moi aujourd'hui, je suis officiellement en week-end !

— Super ! Moi, j'en ai encore jusqu'à 15 heures. Tu fais quoi cet après-midi ?

— Pas grand-chose. Je vais rentrer et m'occuper de mes petites sœurs. Tu sais, elles ont vraiment besoin de moi en ce moment.

— Je m'en doute. Et d'ailleurs, comme ça se passe avec tes parents ?

— Il y a moins de disputes mais je ne sais pas si c'est une bonne chose. Ils s'ignorent royalement. Si l'un est présent, l'autre est automatiquement absent. Mes sœurs sont livrées à elles-mêmes. Je t'avoue que je suis épuisée, je fais tout à la maison, tout le monde compte sur moi.

— Tu sais, tu peux lever le pied sur le mariage de ma sœur, tu n'as pas besoin de ça en plus !

— Au contraire, cela me fait penser à autre chose que ma crise familiale et me permet de m'évader.

— Comme tu veux, mais je suis là, moi aussi. Au fait, c'est quoi la prochaine étape pour le mariage ?

— La robe, sûrement. Ou le photographe. J'ai déjà des noms à lui proposer.

— Super, on se tient au courant, alors. J'ai

cours de sociologie dans cinq minutes, je te laisse. On s'appelle ?

— Oui, bon courage, bisous !

Je suis contente d'avoir discuté avec Paola. Mes doutes sont moins présents. Elle traverse une véritable épreuve, elle a autre chose à faire que fomenter des plans contre moi, j'en suis désormais convaincue ; c'est impossible, et Pablo a vraiment un grain. Pablo, justement… Il est encore là, nous assistons au même cours cet après-midi mais, bizarrement, il reste à l'écart. Il me regarde de temps à autre avec un air de chien battu mais ne cherche pas à m'embêter ou me parler.

Au bout de trois heures assise sur cet affreux siège en bois, j'avoue que je n'en peux plus. Je suis fatiguée, j'ai la tête comme une pastèque, remplie de mots barbares et de formules théoriques. Je ne suis pas mécontente que cette semaine s'achève, elle fut dense. Afin d'être tout à fait détendue pour le week-end, je tiens à régler quelques formalités administratives à l'accueil de la fac avant de rentrer. Je dois faire la queue, cela me prend un bon quart d'heure. Je me souviens alors que je n'ai pas encore rallumé mon portable ; on ne sait jamais, si Leon a tenté de me contacter… En effet, j'ai des messages, mais pas ceux auxquels je pouvais m'attendre. Leanor a tenté de m'appeler plusieurs fois, pour ne pas dire de façon frénétique, toutefois elle n'a laissé aucun message. Les notifications d'appels en absence continuent d'affluer, lorsque je reçois une photo de la part de Sylvia. C'est Leanor. En robe de mariée. Je n'y comprends rien. Tout ce que je sais, c'est que l'essayage n'était pas pour aujourd'hui, Paola m'aurait forcément prévenue. Je reçois d'autres photos puis un texto, on ne peut plus sec et tranchant, de Leanor.

J'ai été indulgente toute cette semaine mais, là, je ne peux plus. Tu ne t'es même pas pointée pour l'essayage de ma robe, ça me fait aussi mal qu'un coup de poignard.

Mais qu'est-ce que c'est encore que cette histoire ? J'essaie immédiatement de lui téléphoner mais, sans surprise, elle ne daigne pas répondre. J'appelle alors Paola.

— Allô ?

— Paola, c'est quoi cette histoire de robe de mariée ?

— Ah oui, tu parles de Leanor ? Tu as vu sa robe alors ? Elle est juste magnifique !

— Mais c'est quoi ce délire ? C'était aujourd'hui ?

— Oui, on a eu beaucoup de chance, j'ai réussi à trouver un créneau à 15 heures dans la boutique de ses rêves !

— Et tu ne t'es pas dit qu'il fallait me prévenir ?

— On a essayé de t'appeler une centaine de fois mais tu étais sur répondeur.

— On était ensemble à peine deux heures avant ! Si je ne répondais pas, c'est que j'étais en cours et tu le savais très bien ! Leanor est ultra énervée contre moi maintenant !

— Bah… On peut la comprendre, c'est vrai que tu n'es pas super présente. Je ne sais pas ce que tu as dans la tête en ce moment, mais ta sœur doit sentir que tu la délaisses.

— C'est absolument faux ! Si je ne suis pas prévenue, comment veux-tu que je devine ? Vous auriez pu m'attendre.

— Ce mariage se fait un peu dans l'urgence, si on doit t'attendre… On aura du mal à tout boucler avant Noël !

Je n'ai plus d'arguments ; de toute manière, elle aura toujours le dernier mot et ce sera toujours de ma faute. Je ne sais plus où j'en suis. Suis-je vraiment négligente quant au mariage de Leanor, et est-ce un mauvais concours de circonstances ?

Ou alors... Paola en fait-elle trop dans le but de me décrédibiliser ? Je ne sais plus que croire. J'ai l'impression terrible d'être impuissante. J'essaie encore d'appeler ma sœur, rien. J'envoie alors un message à Sylvia.

> Sylvia, j'étais en cours, je n'étais pas au courant que Lea devait essayer sa robe, je te jure. Elle ne veut pas me répondre. Est-ce qu'elle m'en veut vraiment ?

Elle me répond dans la minute.

> Laisse-lui un peu de temps et ça ira mieux. Pour l'instant, elle ne veut pas te parler. En même temps, c'est vrai que tu n'es pas très présente, mais bon, ne t'inquiète pas, cela finira par s'arranger.

Je n'en reviens pas. J'ai l'impression d'avoir le monde entier contre moi, alors que je ne suis responsable de rien. Déboussolée, je rejoins ma voiture mais n'entre même pas dedans. Je m'adosse à la portière et regarde le ciel en effectuant mes exercices de respiration. Je trouve la vie particulièrement dure en ce moment. Qu'est-ce que je fais si mal ? Je suis forcément fautive pour quelque chose, avec ce karma pourri... Oui, mais quoi ? Je pousse un gros soupir.

— Mince alors, ce sont les maths qui te torturent à ce point l'esprit ?

C'est Leon. Je suis contente qu'il soit là. Je n'ai aucune envie de rentrer chez moi. De toute façon, le mal est fait et je sens que personne ne voudra m'écouter.

— Tu tombes pile au bon moment. On va boire un verre ?

— J'ai une meilleure idée, je crois que tu as besoin de te vider la tête.

CHAPITRE 10

Il m'invite à monter dans le bus qui s'arrête à notre hauteur.

— Où est-ce que tu m'emmènes ?

— Tu verras bien. Mais je pense que, là, tu dois lâcher prise. Ne te pose pas de questions, ne m'en pose pas non plus, et laisse-toi guider.

— OK, ça me va, si tu crois pouvoir me remonter le moral.

— J'en suis certain.

Nous arrivons à l'entrée du parc d'attractions de la Casa de Campo ; ce n'est pas vraiment ce que je préfère.

— Euh... Leon, c'est sympa, mais ce n'est pas trop mon truc.

— Abandonne-toi pendant une demi-heure, juste une demi-heure, s'il te plaît ! Si tu refuses, je te fais mes yeux de « Chat Potté » jusqu'à ce que tu cèdes.

— Je te préviens, pas de manège ! Et surtout pas de trucs qui font peur !

— Tu n'auras peur de rien avec moi.

C'est vrai, je n'ai peur de rien avec Leon, j'ai l'impression de le connaître depuis dix ans. Il est le grand frère qu'on aimerait avoir et l'ami idéal. Pour autant, je me suis fait complètement avoir ; cinq minutes plus tard, je me retrouve harnachée à ses côtés dans une boule suspendue à deux gigantesques élastiques, qui n'attend qu'un signal pour s'élancer dans le ciel.

— Je te déteste.

— Je sais, et j'adore ça. Bon voyage, Maya.

— Mais comment j'ai pu me laisser faire comme ça !

— Je te rassure, tu auras le droit de crier autant que tu veux, même de m'insulter, quand nous serons en l'air.

— Je ne vais pas me gêner.

— Je n'ai aucun doute là-dessus.

Mon cœur bat à tout rompre, j'ai l'impression qu'il restera cloué au sol lorsque je décollerai. Soudain, une sirène affolante retentit, et nous voilà projetés dans les airs. Je hurle comme jamais, je ne soupçonnais pas que j'avais autant de coffre ! J'arrive à percevoir le rire de Leon, lui s'éclate tandis que, moi, j'ai l'impression de mourir. J'ai peur, je crie et, en même temps, j'éprouve un sentiment de liberté incroyable ! L'attraction ne dure qu'une minute et, pourtant, c'est comme si j'avais passé au moins une demi-heure ballottée dans ce siège en métal inconfortable. De retour sur la terre ferme, je file un grand coup de poing à Leon sur le bras et j'explose de rire, c'est incontrôlable, je ne peux plus m'empêcher de rire. Je crois que ce sont les nerfs qui lâchent, j'ai plein de sensations, je me sens vivante comme jamais, je n'aurais jamais cru apprécier autant ce moment.

— Alors, ça va mieux, non ? me demande Leon en me tenant la main.

— Tu m'as poussée au-delà de mes limites mais… merci, sincèrement. Ce genre de défi ressemble à la nouvelle Maya.

— La nouvelle Maya ? Je crois que c'est la seule que je connaisse, et elle me plaît bien.

Exaltée par mon expérience, je ne cherche pas à comprendre, je suis mes pulsions. Je m'avance brusquement vers lui, me mets sur la pointe des pieds et l'embrasse fougueusement. J'en avais trop envie. Je crois qu'il est surpris car il ne réagit quasiment pas. Niveau technique, ce baiser ne restera clairement pas dans les annales mais, niveau effet, il est au-delà de ce que j'ai déjà vécu. Puis vient le moment de se décoller et le moment de la honte.

— Il s'est passé quoi là ?

— Rien. Dis-toi que ce n'était qu'un deuxième tour de manège.

— Un troisième peut-être ?

— Non, il faut que je rentre.

— Dommage.

Et je le laisse en plan. On ne va pas se mentir, je n'assume clairement pas mon acte. Il y a une semaine de cela, c'est un autre garçon que j'embrassais et cela s'est très mal fini. À tel point que j'ai décidé de mettre ma vie affective entre parenthèses. Je ne vais pas déroger à mes nouveaux principes pour Leon… Même s'il me fait craquer… Non, je suis bien plus forte que ça aujourd'hui, j'ai pris du bon temps ce soir mais, dès demain, je repars à zéro. J'ai quand même passé une soirée géniale.

À mon retour à la maison, c'est la douche froide. Ma mère et mes sœurs sont installées sur le canapé devant la télévision, personne ne me parle. Seule maman tente un petit regard furtif mais compatissant à mon attention.

— Lea, parle-moi... Je suis désolée, j'aurais tellement aimé être avec toi...

Elle se lève brusquement et passe à côté de moi comme si je n'existais pas. Quelques secondes plus tard, j'entends la porte de sa chambre claquer. Les larmes aux yeux, je me tourne vers Sylvia et ma mère.

— Ça lui passera, me dit maman.

— Tu étais où ? Tu n'étais pas en cours jusqu'à maintenant ? me demande sèchement Sylvia.

— Non, j'ai fait un tour à la Casa de Campo avec un copain.

— D'accord. Donc tu cours après un mec au lieu de nous aider à préparer le mariage de Lea ? Tu es forte, toi !

— Mais pas du tout, je te promets que...

Elle ne me laisse même pas finir ma phrase qu'elle s'en va à son tour dans sa chambre. Qu'ai-je fait pour mériter un tel traitement de leur part ? Suis-je vraiment une mauvaise sœur ? Je n'en avais pas eu le sentiment jusqu'alors. Les larmes aux yeux, je vais m'asseoir près de ma mère. Elle pose ma tête sur ses genoux et me caresse les cheveux comme elle le faisait lorsque j'étais petite.

— Maman, pourquoi elles m'en veulent à ce point ? Je t'assure que je n'étais pas au courant pour la robe.

— Ne t'inquiète pas. Tous ces préparatifs, ce n'est que du bonheur, mais c'est aussi beaucoup de stress pour tes sœurs.

— Comment puis-je faire pour les aider et leur prouver que je suis impliquée ? Tu sais, je n'ai jamais voulu les laisser tomber.

— Je le sais bien, ma chérie, mais c'est à toi de le leur prouver. Reprends la main, prends des initiatives et ne te laisse pas faire.

— Qu'est-ce que tu veux dire ?

— Peut-être que Paola s'approprie un peu trop l'organisation de ce mariage. Tu sais que je l'apprécie mais, si tu veux qu'elle reste à sa place, c'est à toi de fixer un cadre.

— Tu penses qu'il y a un problème avec Paola ?

— Ce n'est pas ce que j'ai dit. Mais la sœur de Lea, c'est toi, pas elle. Reprends ta place.

Je vais me coucher avec les paroles de maman qui résonnent dans ma tête. J'aimerais comprendre ce qu'il se passe avec Paola. J'ai l'impression que tout part en vrille cette année. Les choses ont-elles vraiment changé ? Ou suis-je simplement en train de grandir ? Un message tardif de Leon me redonne le sourire.

> Je ne serais pas contre un nouveau tour de manège demain soir.

Je ne veux pas lui donner d'espoir quant à une relation suivie avec moi, je ne suis pas sûre d'en avoir envie, autant être claire tout de suite.

> Eh bien, vas-y, mais ce sera sans moi, je ne suis pas dispo.

Il me répond par un émoticône en train de pleurer puis renchérit :

> Je suis embêté avec mes autres élèves, il n'y a qu'à toi que j'ai envie de donner des cours de maths...

> C'est bien dommage, car je ne suis pas ta meilleure cliente. À lundi !

Je sais, je ne suis pas très sympa, mais j'ai d'autres priorités actuellement. Je reconnais tout de même qu'il est trop mignon... Et qu'il me fait rire... Et que je me sens bien avec lui... Je m'endors en repensant à ses lèvres, elles sont aussi douces que je l'avais imaginé… Car, oui, contre mon gré, je les avais déjà imaginées…

Au petit matin, boostée par les conseils de ma mère, je veux montrer ma bonne volonté. Je me lève avant tout le monde et file à la boulangerie, afin d'acheter croissants et pains au chocolat pour le petit déjeuner. Quand je reviens, les bras chargés de viennoiseries, mes parents et mes sœurs sont dans la cuisine.

— Le petit déjeuner est servi ! je crie depuis l'entrée.

Je ne remporte pas un franc succès. Leanor continue de m'ignorer et Sylvia me lance :

— On ne prend qu'un thé, on n'a pas le temps, on a des rendez-vous.

— Vraiment ? Je peux venir avec vous ?

— Non, pas la peine, cela ne t'intéressera pas, c'est pour le mariage.

Je suis séchée sur place. Elles peuvent me reprocher ce qu'elles veulent, mais je ne pense pas mériter une telle défiance. Ma mère me fait un signe d'apaisement pour que je ne réagisse pas. Elle a raison, c'est avec mes actes que je leur prouverai que je suis une sœur aimante. Me justifier ne ferait qu'alimenter la polémique. Je prends donc mon mal en patience et décide de m'offrir une journée détente. Pas de révisions aujourd'hui, juste de la bonne musique, des séries distrayantes et des soins réconfortants avant ma soirée avec Paola, Antonio et Alice. C'est tout à fait ce qu'il me faut, j'ai besoin d'un retour aux sources. J'en veux un peu à Paola pour ce qu'il s'est passé hier mais je vais tenter d'occulter ça, les rancœurs ne sont pas constructives.

Parfaitement détendue et reposée, je rejoins mes amis peu après 19 h 30 au bar où travaille le nouveau mec d'Antonio. L'endroit est génial, le style est exotique, la terrasse est cernée par des palmiers, et la musique est rythmée par des bruits de nature et de jungle. Tous les trois sont déjà là. Je m'attable à leurs côtés avec mon sourire et ma bonne humeur.

— Hello, mes chéris ! Alors, qu'est-ce qu'on boit ?

Mon enthousiasme fait un flop. Alice baisse les yeux et Antonio me calcule à peine, il finit toutefois par me dire :

— Tu n'as qu'à partager la bouteille de blanc avec Paola. Pour Alice et moi, c'est mojitos.

— D'accord… Mais il y a un problème ?

Paola s'empresse de me répondre.

— Mais non, pourquoi tu dis ça ? Je te sers un verre ?

Je sens un malaise mais je ne saurais dire d'où il provient. Ont-ils quelque chose à me reprocher ? Je ne crois pas… Antonio est peut-être juste mal luné, cela lui arrive parfois quand il est célibataire.

— Alors, Antonio ? Comment ça va avec ton mec ? Tu nous le présentes ?

J'ai réussi à capter son attention ; là, il déroule. Il nage en plein bonheur.

— Il est dans le rush, il vient nous rejoindre dès que ce sera un peu plus calme. Si tu savais, je vis un truc exceptionnel. On est exactement sur la même longueur d'onde. Et au pieu, on s'éclate.

— Je ne suis pas obligée de savoir ça, mon chou, dis-je en rigolant.

— Désolée, ma belle, mais tu n'échapperas pas aux détails !

L'alcool aidant probablement, l'ambiance s'avère enfin conviviale, propice aux blagues habituelles et aux éclats de rire. Alice m'interroge.

— Tu as des nouvelles de ton Pablo ?

— Ce n'est pas *mon* Pablo, c'est définitivement

du passé pour moi. En plus, je crois qu'il est un peu dingue.

— C'est-à-dire ?

— Il m'a fait un vrai sketch à la bibliothèque hier. Il voulait absolument me parler, en mode « désespéré », sauf qu'il en devenait agressif. Heureusement que Leon a…

— Leon ? rebondit immédiatement Antonio. Tu veux dire ton prof ?

— Oui, c'est bien ça. Il a…

— Il t'a sauvée tel un preux chevalier ?

— Disons qu'il m'a aidée à m'en débarrasser. Je vois où tu veux en venir, Antonio, mais Leon me donne des cours, c'est tout !

— Ah oui, j'oubliais, « les mecs c'est fini », « je me concentre sur mes études ».

— Oui, parfaitement !

J'essaie de me justifier sous l'hilarité générale. Je pourrais leur raconter ce qu'il s'est passé entre Leon et moi, mais je préfère garder ça pour moi. Je n'ai plus envie que ma vie amoureuse – ou mon absence de vie amoureuse – soit au centre des discussions, je souhaite préserver mon intimité à présent. Un très beau garçon vient nous interrompre, c'est le petit ami d'Antonio, Peter. C'est vrai qu'il a l'air très sympa.

— Je suis ravi de vous rencontrer, Antonio me parle souvent de vous. Je vous ai préparé mes fameux cocktails, ils arrivent, vous me direz ce que vous en pensez.

— Décidément, il est parfait cet homme-là, plaisante Alice.

En effet, il semble parfait. Parfait pour Antonio, en tout cas. Tous les deux sont adorables, leurs yeux sont étincelants dès qu'ils se regardent, chaque petit geste qu'ils ont l'un pour l'autre transpire l'amour et la tendresse. De les voir comme ça, tout mignons, ça donne envie... L'amour, s'il est sain, partagé et équilibré, peut être un vrai moteur. Mais qu'il est difficile de faire confiance... Je sais de quoi je parle. À cet instant pourtant, je pense à Leon et au moment unique que nous avons vécu hier soir. Si seulement je l'avais rencontré avant Pablo... Je quitte mes rêveries pour accueillir comme il se doit les cocktails de Peter. Leur arrivée est spectaculaire, ils sont servis dans des ananas et chacun de nous a droit à son petit feu d'artifice. Décidément, il fait tout pour nous plaire !

Les boissons s'enchaînent, je préfère lever le pied et me mettre au soda. Antonio en revanche paraît ne pas avoir de limites ce soir, il est bien éméché ! Il ponctue chacune de ses phrases par « c'est trop beau l'amour ». On ne le connaissait pas si romantique, ce qui nous fait bien rire, les filles et moi.

— Hé ! dis donc, Maya, ta sœur se marie ? me demande-t-il tout à coup.

Je n'avais pas trop envie de mettre ce sujet sur la table ce soir pour ne pas activer de tensions avec Paola, mais je me doutais bien que je ne pourrais pas l'esquiver.

— Eh oui, bientôt la corde au cou pour Leanor, elle sera une femme mariée avant Noël !

— Je suis au courant, oui… En fait, tout le monde est au courant ! me rétorque Antonio sur un ton agressif.

Il se met à hurler et interpeller tous les clients du bar.

— Vous le saviez aussi, vous, que la sœur de Maya allait se marier ? Hein, vous le saviez !

Paola et Alice lui donnent des coups de pied sous la table, elles ne sont pas discrètes. Certes, il est un peu gênant, mais de là à lui donner des coups de pied… Antonio reprend :

— Et quand est-ce que tu avais l'intention de nous dire qu'on n'était pas invités, Alice et moi ? On pue, c'est ça ?

— Mais qu'est-ce qui te prend, chouchou ? C'est un petit mariage précipité, elle ne peut pas inviter tout le monde !

— T'entends ça, Alice ? On est tout le monde ! On est le sous-peuple, on sert à rien, on n'existe pas !

Alice ne réagit pas et ne bouge pas un cil.

— Tu es dingue, Antonio ! Je crois que tu es complètement bourré, et je ne comprends pas pourquoi tu m'agresses comme ça ! lui réponds-je, révoltée.

Là, il se lève et pète un câble ! Paola essaie de le prendre par le bras pour l'emmener loin de la table mais il reste là, debout, en face de moi, avec un ton menaçant.

— Ouais, je suis bourré, et toi tu es une connasse !

— Hein ? Là, tu vas vraiment trop loin ! Parce que ma sœur se marie et choisit ses invités, je suis une connasse ?

— Parce que tu as demandé à ta sœur de ne pas nous inviter ! Il paraît qu'on n'est pas assez présentables !

Il se tourne à nouveau vers les clients du bar.

— Je ne suis pas présentable, moi ? Vous en pensez quoi, vous ?

Je suis complètement choquée, je ne comprends rien à ce qui arrive !

— Paola, il se passe quoi là ?

— Laisse Paola tranquille, c'est nul de lui demander de te couvrir tout le temps ! Fous-lui la paix et fous-nous la paix à nous aussi !

À ces mots, il se casse littéralement la figure sur l'épaisse table en bois. Son nez est en sang et il ne parvient pas à se relever. Je ne l'ai jamais vu dans cet état. Paola et Alice le maintiennent péniblement, Peter arrive à la rescousse.

— Bon, je crois qu'on va te laisser, Maya, je vais le ramener chez lui, dit Alice. On s'appelle plus tard.

— Vous allez me laisser là comme ça ? Mais enfin, qu'est-ce que j'ai fait pour qu'il m'en veuille à ce point ? Et d'où je demande à Paola de me couvrir ? Je ne comprends rien !

— T'inquiète, il est bourré, on en parle demain.

Alice me regarde avec mépris, ce n'était jamais arrivé.

— Il faut réfléchir avant de faire de la merde, Maya.

Quoi ? *Alice, pas toi !* Et je reste là, seule, à une table où tous les verres sont cassés. Tout le monde me regarde mais je n'en ai rien à faire. Je me repasse la scène dans ma tête, j'en ai la nausée. Antonio, c'est comme un frère pour moi, comment peut-il croire que je raconte des saloperies sur lui à ma sœur ou à qui que ce soit d'autre ? Je suis perdue, mes amis me rejettent, mes sœurs ne me parlent plus… Mais qu'est-ce que j'ai fait au bon Dieu ? Je prends mon téléphone et appelle la seule personne qu'il me reste.

— Oui ?

— Allô, Leon ?

Il me rejoint un quart d'heure plus tard. Il voit l'étendue des dégâts devant moi.

— Ça sent la soirée qui est partie en cacahuète. Pablo ?

Je m'écroule en larmes.

— Non, mes meilleurs amis !

— OK, prends tes affaires, on se tire.

Je sanglote comme un bébé sur son épaule.

On marche une petite dizaine de minutes, je suis incapable d'aligner deux mots cohérents. Je suis sous le choc. Quelle violence dans les paroles, dans les regards, dans les gestes, je n'ai jamais été confrontée à une pareille situation. Leon me fait entrer dans un café à l'ambiance lounge, au calme. Il nous installe à une petite table à l'écart et sous une lumière tamisée. Le velours bordeaux du siège est réconfortant mais moins que ses bras.

— Tu as envie de me raconter ?

— Je ne sais pas.

— Alors, pleure, ça te fera du bien.

Leon est patient. Il nous commande deux cappuccinos le temps que je me calme. Puis je lui raconte la scène improbable à laquelle je viens d'assister. Il m'écoute et hoche la tête de temps à autre pour me montrer qu'il n'a pas perdu le fil. Mon récit prend fin, j'aimerais continuer à parler mais je ne sais plus quoi dire.

— Après mes sœurs, ce sont mes meilleurs amis qui me tournent le dos.

— Paola était encore là ?

— Oui, bien sûr, elle fait partie de la bande. Pourquoi cette question ?

— Si j'ai une qualité, c'est celle de bien cerner

les gens. Et à force de t'écouter, on ne peut que s'apercevoir que, dès qu'il y a un malentendu ou un problème, elle est dans les parages.

— S'il te plaît, ne recommence pas avec ça. Je ne sais pas ce que vous vous êtes raconté avec Pablo, mais on dirait qu'il t'a convaincu.

— Je n'ai pas besoin d'être convaincu, je suis capable de me faire ma propre idée, tu sais.

— Alors développe.

— Je crois que Paola est jalouse de toi…

— N'importe quoi.

— Tu me demandes de développer, alors laisse-moi finir.

— D'accord, vas-y.

— Je ne sais pas si elle est jalouse de toi ou du fait que tu lui échappes. Toujours est-il que, dès qu'un obstacle se met entre vous, tu as des problèmes. Je pense qu'elle veut t'isoler, te garder rien que pour elle et avoir la main sur toi, sur ta vie.

— Non, je n'y crois pas. Et il y a des choses que tu ignores sur elle. Elle vit une période très difficile, ses parents sont en train de se séparer, elle est seule à s'occuper de ses petites sœurs, elle tient sa famille à bout de bras. Je me sentirais honteuse de l'accabler davantage.

— Eh bien, moi, je peux t'assurer qu'elle n'a pas autant de scrupules te concernant.

— Je n'ai pas envie de me dire ça, elle est ma meilleure amie, on a partagé tellement de choses toutes les deux, on est définitivement liées.

— Il n'y a jamais rien de définitif dans les relations humaines.

— Parlons d'autre chose, je me sens un peu mieux.

— Vraiment ? C'est dommage. J'aurais bien aimé que tu pleures encore un peu, t'es très mignonne en panda.

Je relève la tête, il a réussi à me faire sourire. Nos visages sont à dix centimètres l'un de l'autre et nous nous regardons. Il penche la tête, très lentement, comme s'il me demandait mon consentement. Je ferme les yeux pour lui faire comprendre que je suis prête à m'abandonner à lui.

Il n'y a pas de mise en scène comme avec Pablo, pas d'artifices, pas de superficiel, juste nous deux, c'est simple, c'est beau. Il m'embrasse doucement puis avec intensité. Je l'entends soupirer de plaisir, je frissonne et me blottis encore plus fort contre lui. Je ne sais pas combien de temps nous restons comme ça, à nous embrasser. Puis il s'arrête et retire ses lèvres des miennes.

— J'adorerais continuer mais je déteste le cappuccino froid.

Il s'en va passer une nouvelle commande. Je le regarde s'éloigner avec tous mes principes. Je ne voulais plus céder, je ne voulais plus penser à l'amour, du moins pour quelque temps, mais cet homme me fait me sentir bien, en sécurité, au moment où j'en ai le plus besoin. Je ne m'engage en rien, je prends juste ce qu'il y a à prendre et, au cœur de cette tempête, sa présence est peut-être un signe du destin.

CHAPITRE 11

Je me réveille ce matin très perturbée. J'ai chaud et froid à la fois, je suis heureuse et triste, mon cœur bat vite en raison du stress et de ces baisers échangés avec Leon. Mon corps et mon esprit tout entiers sont un paradoxe. Je me repasse tous les éléments de ma chute les uns après les autres et je ne comprends rien. Cela n'a pas de sens. Je suis persuadée que je ne fais rien de mal et, pourtant, tout le monde semble m'en vouloir. Cela fait des jours que je n'arrive pas à me sentir bien. Que s'est-il passé ? Qu'est-ce qui a vrillé soudainement dans ma vie ? Je n'en ai pas la moindre idée. Je n'ai qu'une certitude : la réaction et le comportement de mes proches ne m'appartiennent pas. Tout ce que je peux faire aujourd'hui, c'est les convaincre de ma bonne foi et de mon amour pour eux. Je ne dois donc pas baisser les bras.

Je sors de mon lit d'un seul trait et réitère l'opération de la veille. Je me glisse discrètement en dehors de la maison pour filer droit vers la boulangerie. Comme prévu, tout le monde est déjà levé à mon retour et je pose mes sachets tout chauds dans la cuisine. Leanor et Sylvia, qui s'apprêtaient à rejoindre mes parents autour de la table, rebroussent chemin dès qu'elles me voient. Je suis dépitée. Je regarde ma mère, elle me fait un signe avec ses mains pour que je me calme et que j'évite de réagir. Je cours dans ma chambre et m'effondre sur mon lit. Je ne me suis jamais sentie aussi seule. Je reçois un message de Leon.

Comment ça va ce matin ?

Son message tombe à point nommé. Il est peut-être l'une des rares personnes qui me parlent avec plaisir.

Pas très bien. J'ai l'impression d'être de trop dans cette maison.

Enfile des baskets et va courir.

Impossible. Je déteste ça.

Fais-moi confiance. Tu es engluée dans ta bulle de problèmes. Sors, cours, tu y verras plus clair.

Je connais Leon depuis peu mais il a toujours été de bon conseil et il sait déjà quasiment tout de moi, cela ne me coûte rien de l'écouter, je n'ai rien d'autre à faire de toute façon… Je sors mes vieilles baskets de course, elles ont dû me servir au lycée pour la dernière fois. Un legging, un vieux sweat, et me voici sur le perron de la maison. Je ne sais pas du tout quelle direction prendre, mais je ne vais pas rester plantée là. J'imagine les voisins qui risquent de me voir et qui connaissent bien mes performances sportives, ce n'est pas la peine que je me rende encore plus ridicule. Je choisis d'aller vers la droite, il y a la forêt en bas de la rue – quitte à se ressourcer, autant le faire dans la nature. Il me faut à peine deux cents mètres pour ressentir mon premier point de côté, il est cependant un peu trop tôt pour faire une pause. Je poursuis péniblement ma course jusqu'à la clairière, c'est le seul endroit que je connaisse dans cette forêt. Je m'appuie à un arbre pour reprendre mon souffle.

— Maya, c'est… C'est toi ?

Je reconnais cette voix.

— Sergio ? Bah, ça alors !

Il ne manquait plus que ça. Je suis rouge comme une tomate, je transpire comme une serpillère, je suis habillée comme un sac, et je tombe en pleine forêt sur mon ex ! Contrairement à moi, lui rayonne, même en plein footing. Je me demande s'il n'est pas encore plus beau qu'avant.

— Mais qu'est-ce que tu fais là ? Tu n'es pas à Paris ?

— Normalement, si. Mais j'ai trouvé un stage dans une grosse boîte à Madrid. Je sais, c'est un comble ! Je suis là jusqu'aux vacances de Noël.

— Super ! Ça marche bien pour toi alors ?

— Je n'ai pas à me plaindre. Et toi, tu t'es mise au sport, je vois !

— Pas vraiment, c'est une première. J'avais besoin de trouver un nouveau moyen de me détendre.

— Et le shopping alors ? Dans mes souvenirs, c'était ton meilleur antidépresseur !

— Je t'avoue que je n'y avais même pas pensé ! Il faut croire que j'ai changé.

— On dirait bien, oui. Je suis content de te voir, tu ne réponds plus à mes messages. J'aurais bien aimé avoir de tes nouvelles, ce n'est pas parce qu'on n'est plus ensemble qu'on doit s'ignorer.

Je me rappelle soudain que je l'ai bloqué partout sur mon téléphone. Et ses mails doivent tomber directement dans mes spams. Paola m'a fait comprendre qu'il n'était qu'un salopard qui se moquait de moi, elle m'a exhortée à ne plus entrer en contact avec lui. Persuadée qu'elle avait raison, je l'ai écoutée et ai coupé tout contact avec Sergio.

— Tu as quelque chose de prévu au déjeuner ? me demande-t-il.

— Euh... Non, je ne crois pas.

— Cela te dit qu'on aille manger dans notre bistrot habituel ?

— Pourquoi pas... Mais on est d'accord, ce n'est pas un rancard ?

Il se met à rire.

— En tout cas, ton franc-parler est toujours là ! Non, je te rassure, c'est juste un bon moment entre deux vieux amis.

— Alors, c'est d'accord. On dit 13 heures ?

— C'est parfait, à tout à l'heure alors !

Et il reprend sa course. Moi aussi, je suis contente de le revoir. Et rassurée également. J'ai été surprise de le trouver là mais je n'ai pas tremblé ni eu de coup au cœur. J'ai souvent imaginé ce moment où je tomberais sur Sergio, par hasard. Je ne ressens visiblement plus rien pour lui et j'en suis heureuse. C'est à Leon que je pense à cet instant précis. Le jogging, ça ira pour aujourd'hui. Je fais demi-tour pour rentrer à la maison, mes sœurs vont être surprises de me voir en tenue de sport ! Ah non, j'oubliais, elles s'en fichent pas mal ces derniers temps… Je franchis la porte d'entrée sans dire un mot et file prendre une douche bouillante. J'ai encore une bonne heure avant mon rendez-vous, j'envoie un message à Leon.

Tu avais raison, ça m'a fait beaucoup de bien de courir.

Merci qui ?

Je ne veux pas précipiter les choses mais, si j'osais, je lui dirais que j'ai envie d'être avec lui en ce moment. Peut-être un jour…

Étant donné que je suis devenue un fantôme dans cette maison, j'estime n'avoir aucun compte à rendre, je pars à mon déjeuner sans prévenir personne.

Je n'avais pas remis les pieds dans ce bistrot depuis ma rupture avec Sergio. L'établissement paraît toujours aussi accueillant, l'odeur de la cuisine me chatouille les narines depuis le trottoir d'en face. J'entre et vois Sergio au loin en pleine discussion avec le patron. Je le salue et m'assois, c'est un peu gênant, il arrive et se lance avant moi pour rompre le silence.

— C'est bizarre de se retrouver ici.

— C'est le moins que l'on puisse dire.

— Je te propose qu'on se prenne un petit verre pour détendre l'atmosphère.

— Je te suis !

Il nous commande deux verres de vin blanc – il a bonne mémoire.

— On trinque ! À nos retrouvailles... amicales !

— C'est ça ! À la tienne !

— Bon, Maya... Et ta vie ? Comment ça se passe ?

— Très bien ! J'adore mes études, je me vois déjà psychologue. Je vais peut-être participer à un stage à Paris, d'ailleurs.

— Sérieux ? C'est super, on pourra se voir ! J'ai plein d'adresses pour toi. Paris est extraordinaire, pleine de surprises !

— Je n'en doute pas !

— Et le reste ?

— Quoi, le reste ?

— Les amis… Les amours…

— Les amours, je ne préfère pas en parler. En fait, c'est étrange d'en discuter avec toi. Tout ce que je peux te dire, c'est que mon nouveau credo est « les études avant tout ». Mais j'ai quand même rencontré quelqu'un, c'est tout récent, alors je ne m'emballe pas.

— Tu mérites d'être heureuse, Maya.

— Je te remercie, toi aussi.

— Cela aurait été compliqué entre nous avec la distance…

— C'est sûr.

— Malgré tout, je ne comprends pas pourquoi cela s'est fini si brusquement.

— Pour être honnête, je n'étais pas sûre que tu sois très… sérieux ?

— Moi ? Mais j'étais à fond sur toi ! Tu as vraiment cru ça de moi ?

— Un peu… Enfin, pas au début… mais…

— Mais Paola est passée par là, c'est ça ?

— Pourquoi tu me parles de Paola ?

— Elle n'a jamais pu me saquer ! En tout cas, à partir du moment où toi et moi nous sommes mis ensemble.

— Non, tu te trompes, elle n'a jamais dit qu'elle ne t'aimait pas.

— Peut-être mais, toi, elle t'aimait trop !

— Qu'est-ce que tu entends par là ?

— Bon sang, Maya, ne me dis pas que tu ne voyais rien ? Elle était tellement étouffante ! Il fallait que tu sois sa chose, en permanence ! Dès que tu étais susceptible de t'éloigner d'elle, elle devenait dingue et inventait plein d'histoires !

— Tu abuses !

— Non, pas du tout. C'est juste que moi, contrairement à toi, je n'ai jamais voulu la croire.

— La croire ? À propos de quoi ?

— J'ai du mal à imaginer que, plus de six mois après, tu ne sois toujours au courant de rien.

— Tu peux arrêter de tourner autour du pot maintenant ? Dis-moi ce que tu as à me dire une bonne fois pour toutes !

— Ne t'énerve pas, Maya, je ne suis pas ton ennemi, je ne l'ai jamais été.

— Excuse-moi, mais tout est si... compliqué en ce moment. S'il te plaît, raconte-moi ce qui s'est passé avec Paola.

— Elle m'a régulièrement laissé entendre que tu allais voir ailleurs quand tu étais avec moi.

— Quoi ? ! C'est impossible. Je vois bien que tu as de la rancœur et que tu lui en veux, mais elle est incapable d'inventer des trucs comme ça.

Il ne renchérit pas et sort son portable de sa poche. Il le tapote frénétiquement sans me regarder.

— Sergio, je te parle.

— Attends une seconde.

Il place l'appareil sous mes yeux.

— Lis.

Ce sont des messages de Paola. Ils datent d'il y a un an. Je n'en reviens pas.

Tu sais où est Maya ce soir ?

À une soirée avec toi, non ?

Oui, mais nous ne sommes pas toutes seules. Et ça fait un moment que je l'ai perdue de vue.

Il y a un problème ? Elle va bien ? Je ne comprends pas.

Elle, je ne pense pas qu'elle ait de problèmes, elle est avec Jordan. Ça ne me semble pas net, cette histoire...

Je t'arrête tout de suite, j'ai entièrement confiance en elle.

C'est toi qui vois...

Je ne peux pas y croire. Je suis sciée ! Comment Paola a pu insinuer de telles choses ? Je me souviens très bien de cette soirée, l'ambiance était bon enfant et Jordan me parlait de sa grande sœur psychologue, c'est en partie grâce à notre conversation que j'ai choisi mon cursus universitaire !

— Je ne sais pas quoi dire.

— Ne dis rien alors, car j'en ai des dizaines comme ça.

Il me montre son téléphone à nouveau. Cette fois, ce sont des photos. On peut me voir avec d'autres garçons, les prises de vue sont tout à fait trompeuses. Je ne lis même pas les légendes qui les accompagnent, seul un message de Sergio me saute aux yeux.

> Tu perds ton temps, Paola, trouve-toi un mec et laisse-nous tranquilles.

Mes mains tremblent, je commence à voir flou… et clair à la fois !

— Je l'ai bloquée à partir de ce moment-là, et notre relation a commencé à se dégrader, comme par hasard.

— Cela ne sert à rien de revenir là-dessus. Tu

étais rarement présent et tu voulais partir à Paris, cela n'aurait pas pu continuer entre nous.

— D'accord, mais tu ne me feras pas croire qu'elle n'a pas essayé de te monter contre moi.

Je replonge dans des souvenirs que j'ai tenté d'occulter pendant des mois. Il est vrai que Paola ne cessait de me répéter que Sergio n'était pas un homme pour moi, qu'il se moquait de moi, que je méritais mieux. Elle a aussi lourdement insinué qu'il me trompait. Maintenant qu'il se trouve en face de moi, j'ai conscience que tout cela était faux. Je l'ai pourtant crue. Elle est comme ma sœur, lui faire confiance était naturel. Me serais-je trompée toutes ces années ? Je ne peux plus me voiler la face : je viens d'avoir les preuves sous les yeux de son double jeu. Mes œillères tombent en même temps que le masque de Paola. L'un des piliers de ma vie s'effondre. Je n'ai même pas envie de pleurer, je suis révoltée et en colère contre moi-même. Comment ai-je pu la suivre aveuglément ? Je me sens si bête. Après de longues minutes de silence, Sergio me prend la main.

— Ça va, Maya ?

— J'en sais rien, je suis choquée.

— Tu ne t'es jamais aperçue de rien ?

— Je ne sais pas, je ne sais plus...

— Elle n'est pas ton amie, Maya, elle essaie de contrôler ta vie, elle ne supporte pas que tu lui échappes, elle est toxique !

Toxique. Je croyais que ce terme était utilisé à toutes les sauces, qu'il était à la mode, mais c'est pourtant ce mot qui qualifie le mieux la nature de notre relation. Je suis dans un autre monde, mon regard se perd à l'extérieur et, soudain, je crois voir Paola. Le sang quitte mon visage.

— Maya, tu as vraiment l'air bizarre.

— C'est que... j'ai l'impression d'avoir vu Paola dehors.

— Sérieux ?

— Euh... Je ne sais pas... Je me suis peut-être trompée...

— Vous avez fait votre choix ? nous interrompt le serveur.

Sergio me regarde et se rend compte que je ne pourrai rien avaler, j'ai les yeux dans le vague, je m'efforce de me remémorer toutes les couleuvres que Paola a tenté de me faire avaler. J'ai à présent l'impression que tout ce qui sortait de sa bouche était faux, tout s'écroule.

Sergio répond au serveur.

— Veuillez nous excuser mais je pense que nous allons remettre le déjeuner à plus tard. Je vais vous régler les deux verres.

Sergio comprend parfaitement mon désarroi et me propose de me raccompagner chez moi, ce que j'accepte. Je marche comme un zombie pendant qu'il essaie laborieusement de me changer les idées.

— Et les autres alors ? Comment vont-ils ? Antonio ? Alice ? J'aimerais bien les revoir.

Je lui raconte la scène d'hier soir.

— J'espère que les pièces du puzzle sont en train de s'emboîter dans ta tête ! Je suis certain qu'elle a volontairement créé des embrouilles entre vous, elle veut foutre la merde partout où tu passes ! Appelle Antonio, essaie de le voir seul à seul.

— Il ne veut plus me voir. Et c'est son anniversaire la semaine prochaine… Il m'a brisé le cœur.

— Tu ne vas quand même pas te laisser abattre ! Tu veux que je l'appelle, moi ?

— Non, il déteste les intermédiaires, il me détestera encore plus.

— Alors, il faut trouver autre chose. Il faut que tu pièges Paola, que tu l'obliges à s'expliquer sur tous ses mensonges.

— Certainement pas. La vengeance ne sert à rien, la méchanceté non plus !

— Et tu crois qu'elle fait quoi, elle ? Bon sang, ouvre les yeux, Maya !

— Si vraiment elle est comme tu dis, moi je ne veux pas devenir comme elle ! Je veux avoir ma conscience pour moi !

— Bon. Voyons les choses autrement. Antonio, je suppose qu'il va faire une fête pour son anniversaire ?

— Oui, mais cela m'étonnerait que je sois invitée…

— Eh bien, moi, je vais m'y inviter, et tu seras ma cavalière.

— Non, vraiment, ce n'est pas une bonne idée. Et puis de toute manière, je n'ai pas le courage.

— Donc tu vas la laisser retourner tes amis contre toi ? Tu vas continuer à subir ses agissements pendant combien de temps encore ? Laisse-moi t'aider à faire éclater la vérité !

— Sergio, c'est moi que ça concerne, pourquoi tu prends cette histoire tellement à cœur ?

— Mais parce qu'elle m'a pourri la vie à moi aussi ! Je suis sûr qu'elle est pour quelque chose dans notre rupture et ça me soûle !

— Et tu veux la faire payer pour ça ?

— Pas que… Tu es malheureuse, Maya, tu as perdu de ton éclat et, pour moi, elle en est la responsable.

— Je ne comprends pas pourquoi tu cherches à te venger. J'espère que tu ne penses pas que…

— Que quoi ?

— Qu'on va se remettre ensemble…

— Non, ne t'inquiète pas. Je n'ai aucune arrière-pensée. Nous deux, c'était génial, mais je pense que nous nous sommes rencontrés trop jeunes. Nous avons un peu appris la vie tous les deux, je suis passé à autre chose, mais ça ne m'empêche pas d'avoir toujours beaucoup d'affection pour toi. Bref, réfléchis à ce que je t'ai dit, Maya, ne laisse pas Paola s'en sortir. Cette fille fait le mal autour d'elle, elle veut que tu lui appartiennes.

Je reçois un message de Leon.

Je pense beaucoup à toi… En fait, j'ai du mal à te sortir de ma tête.

Voilà une phrase qui me remet du baume au cœur. Sergio constate mon trouble.

— Un petit ami ?

— C'est un peu tôt pour le dire... Mais c'est vrai que j'ai l'impression qu'il se passe un truc.

— Je suis content pour toi, mais cette fois ne laisse pas Paola s'immiscer dans ton couple...

Je ne lui réponds pas mais, pour être honnête, elle a déjà essayé l'autre jour à la bibliothèque... Avec tout ce que j'ai appris aujourd'hui, je sais que ce n'est pas un hasard si elle a entamé cette petite conversation privée avec Leon.

— Ça te dit une petite balade ? me demande Sergio.

— Non, je suis désolée, je crois que j'ai besoin d'être un peu seule. On aura bien l'occasion de se voir.

— Je comprends. On reste en contact alors, et n'oublie pas tout ce que je t'ai dit.

— C'est noté, il faut juste que je digère toutes ces infos.

Il me prend dans ses bras pour me dire au revoir, c'est un câlin doux, plein de tendresse. C'est étrange de sentir à nouveau son parfum, mais je le vois plutôt comme un frère aujourd'hui ; je sais que c'est pareil pour lui et j'en suis heureuse. Je rentre à la maison et regagne ma chambre directement. Cela ne sert à rien d'essayer de discuter, mes sœurs font comme si je n'existais pas. Cet après-midi, j'alterne entre repos, révisions et discussions avec Leon. Peut-être est-ce un peu rapide, cependant je pense être en train de tomber amoureuse. Il y a quelque chose de spécial entre nous, une complicité et une bienveillance que je ne saurais expliquer. J'ai déjà deux appels en absence de Paola, il faut que je la rappelle. Je me décide à la joindre sans a priori. Plutôt que d'être agressive et lui faire sentir ma froideur, je préfère analyser son comportement.

— Oui, Paola, c'est moi. Excuse-moi, je n'étais pas près de mon téléphone.

— Pas de souci. Comment ça va depuis hier soir ?

— Je t'avoue que j'ai été un peu choquée par les paroles d'Antonio.

— Fais pas gaffe, il était bourré.

— Il avait l'air de m'en vouloir beaucoup.

— Mais non, c'est l'histoire du mariage, du fait qu'il ne soit pas invité, tu sais combien ça le fait vriller quand il a l'impression de ne pas être aimé…

Comme par hasard, elle choisit de passer très vite à un autre sujet. Elle aurait sûrement été un peu embêtée si je lui avais posé d'autres questions…

— Tu as fait quoi aujourd'hui ?

— Je me suis reposée... Et j'ai vu Sergio.

Silence.

— Sergio... Ton ex ?

— Oui, on s'est croisés par hasard, il est sur Madrid pour quelque temps.

— Ah, OK.

Je ne peux pas dire pourquoi ni comment mais elle a l'air déjà au courant... Toujours est-il que, pour une fois, elle ne sort pas de méchanceté mais elle zappe aussi ce sujet.

— Maya, je t'appelais pour deux choses.

— Je t'écoute.

— La première, c'est pour l'anniversaire d'Antonio. Nous allons faire une grosse fête samedi prochain chez Alice. Tu en es ?

— Parce que tu penses qu'Antonio voudra me voir ?

— C'est vrai que cela risque d'être tendu... Viens avec Sergio alors, Antonio serait content de le revoir.

— Pourquoi pas. Ou alors, je viendrai avec mon mec.

— Avec ton *quoi* ?

— Avec mon mec, Leon.

— Quoi ? Tu es avec lui ? ! Normal que tu ne m'aies rien dit ?

— C'est tout récent, on s'entend très bien.

— Oui, je n'en doute pas, tu t'entendais vachement bien avec Pablo aussi...

— Cela n'a rien à voir.

— On verra ça. Tu sais quoi, je vais faire une petite soirée chez moi mercredi, c'est aussi pour ça que je te téléphonais. Viens avec Leon, on fera davantage connaissance.

On y est. Elle est en train de mettre son plan en marche pour s'insérer dans notre couple.

— Bonne idée ! Nous serons là.

— Très bien, je suis ravie alors.

— Mais dis-moi, tes parents seront présents ?

— Non, j'ai la maison pour moi toute seule jusqu'à vendredi. Mes sœurs sont chez ma grand-mère...

— Et tes parents sont en voyage ?

— Oui, chacun de leur côté, pour le boulot.

— Je croyais que ta mère avait arrêté de travailler, qu'elle n'y arrivait plus étant donné la situation avec ton père...

Elle hésite un quart de seconde avant de poursuivre.

— Elle a quelques petites missions parfois.

— Super. En tout cas, tu vas pouvoir te reposer de toutes ces tensions.

— Ne m'en parle pas, c'est tellement dur ce que l'on vit ici.

— Bah oui, ma pauvre...

Je commence aussi à douter sur l'histoire du divorce de ses parents. Soit je deviens particulièrement lucide, soit j'ai viré complètement parano !

— Je vais te laisser, Paola, je suis crevée et il me reste des choses à faire. Je vais peut-être envoyer un petit message à Antonio.

— Non, non, mauvaise idée, je pense qu'il faut le laisser un peu tranquille en ce moment.

— D'accord, je te fais confiance alors. Tu es tellement de bon conseil depuis toutes ces années.

— Eh oui, toujours là pour toi, ma biche. À demain !

Je n'arrive plus à croire un traître mot sortant de sa bouche. Je me précipite sur mon sac pour en extraire mes cours sur le mensonge. Et soudain, la vérité m'éclate au visage. Cela ne m'étonne plus que Paola ait abandonné ce cours-là : c'est exactement son profil qui est décrit...

CHAPITRE 12

Je me sens bien mieux ce lundi matin. Certaines choses s'éclaircissent dans mon esprit et je veux reprendre le contrôle de ma vie. J'ai pas mal échangé avec Sergio, j'apprécie son soutien mais je ne suis pas encore prête à franchir le pas et confronter Paola à ses mensonges. Je crois que j'espère toujours qu'un miracle va arriver et qu'elle va tout m'avouer, me donner une raison impérieuse de lui pardonner, et changer ; je tiens à lui laisser encore une chance. Je ne peux pas balayer tant d'années d'amitié d'un revers de main.

Je me presse pour aller à la bibliothèque. Cette fois, j'ai davantage envie de retrouver Leon que de me plonger dans des ouvrages. Je sais, ce n'est pas bien mais, avec ce que je subis en ce moment, je me dis que j'ai droit à une petite consolation. Il est là, il m'attend, avec un gobelet de cappuccino à la main… Il est parfait, cet homme-là ! Nous nous installons à notre table habituelle, dans la petite salle du fond. Je crois percevoir que ses yeux brillent autant que les miens. Clairement, ce n'est pas qu'un petit flirt ou une simple attirance, notre relation a tout de l'amour, même si je ne voulais pas précipiter les choses. D'un coup, il se lève et me tend la main.

— Viens avec moi.

Je ne réfléchis même pas une seconde et il m'embarque à travers les rayons de littérature anglaise, espagnole, française… Nous nous arrêtons dans l'allée consacrée à la photographie ; Leon ne m'y a pas emmenée par hasard. La section photo ayant été fermée deux ans auparavant à la fac, nous sommes certains de n'y croiser personne. Il me colle contre une étagère et m'embrasse intensément. Sans même y faire attention, mes mains commencent à se balader sous son T-shirt, j'ai tellement envie de lui que j'en tremble. C'est trop rapide mais je suis complètement envoûtée par lui, par nous, par notre alchimie. Nous continuons de nous embrasser quand, finalement, un élève passe par là.

— Euh… pardon, je me suis trompé de rangée.

Interrompus dans notre élan, nous nous regardons et éclatons de rire.

— Nous sommes bien d'accord : ce n'était pas raisonnable, de toute manière ? me demande-t-il.

— Nous sommes bien d'accord !

— Il va falloir que l'on se revoie très vite alors.

— Cela tombe bien... Ça te dirait une petite soirée mercredi ?

Je lui explique que Paola aimerait nous inviter chez elle. Il ne semble pas très chaud, mais j'insiste en lui disant que je souhaiterais le présenter comme « mon mec ». Il a un peu vacillé à ces mots : je sais très bien que, au fond, il est flatté. Ce qu'il y a entre nous, ça ne ment pas, c'est quelque chose de fort. Il m'aura donc fallu à peine soixante secondes pour le convaincre.

— Je dois te laisser, j'ai cours dans cinq minutes avec M. Richard.

Il mime son cœur qui se brise en morceaux.

— On se revoit quand ?

— Mercredi, chez Paola ?

— C'est dans si longtemps...

— On trouvera sûrement le moyen de se croiser entre deux cours... ou entre deux allées de la bibliothèque...

Nous nous faisons un énorme baiser avant de nous quitter, tous mes sens sont en émoi ; je vibre littéralement pour ce mec. Et j'aurais du mal à me dire que son influence est négative, j'ai fait des progrès incroyables en mathématiques depuis que nous nous voyons. C'est donc confiante et déterminée que je me présente au cours de M. Richard. J'y retrouve Paola qui se montre relativement chaleureuse mais, étant donné que je ne la crois plus, je ne me laisse plus influencer par ses humeurs, ni en bien ni en mal.

M. Richard prend la parole.

— Mes chers élèves, avant de commencer, j'ai une annonce à vous faire. Vous avez été nombreux à me montrer votre intérêt pour le stage à l'Institut de psychologie de Paris. En vue de vous départager, j'ai donc décidé d'organiser un test oral. Les personnes que je vais citer sont attendues vendredi prochain dans cette même salle pour répondre à quelques questions sur des sujets abordés dans mon cours, et je les interrogerai également sur les motivations qui les poussent à participer à ce stage. Cinq élèves sont concernés dans cette classe, il s'agit de : Meredith, Romeo, Fabio, Maya et Paola. Je vous enverrai ce soir par mail vos horaires de passage. Nous pouvons maintenant débuter la séance, sortez vos livres.

Paola ? Mais c'est une blague ? Elle n'en avait rien à faire de ce stage, elle me l'a dit ! Maintenant je comprends mieux son intérêt soudain pour la bibliothèque !

— Paola, tu as postulé au stage à Paris ?

— Bah, oui.

— Mais pourquoi tu ne me l'as pas dit ? Tu savais que je voulais absolument le faire, et il ne t'intéressait pas !

— Et toi, tu ne m'as pas dit que tu avais un mec... Apparemment, on ne se dit pas tout, toi et moi. Donc nous sommes quittes.

Quel culot ! *Reste zen, Maya.* Je suis outrée. En plein cours, je sors mon téléphone, je veux me confier à Emma. Les mains tremblantes de rage, j'ouvre mon application « Notes » et commence à pianoter :

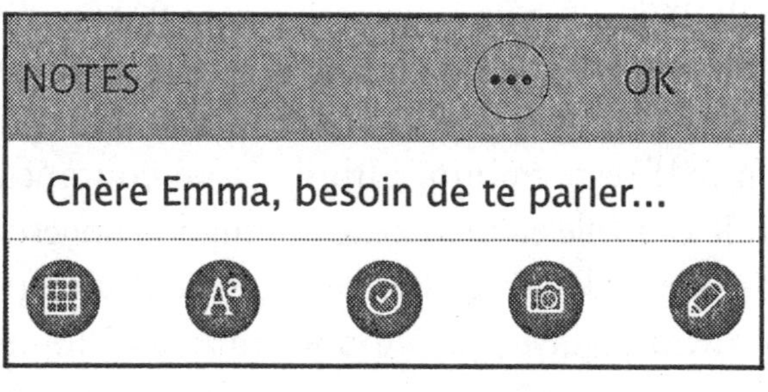

Et je m'arrête net. Non, je n'ai pas envie de me confier à une amie virtuelle. Je veux crier, je veux hurler, je veux taper, je n'en peux plus ! Je retente mes exercices de respiration.

— Maya, tout va bien ? me demande M. Richard.

— Oui, je vous prie de m'excuser, je vous écoute, monsieur, réponds-je du tac au tac.

Je ne souhaite pas que l'on soupçonne mon malaise. Je me contiens et suis le cours tant bien que mal. Cinq minutes avant la fin, je demande au professeur s'il m'autorise à partir plus tôt ; je prétexte un rendez-vous médical, et il ne s'y oppose pas. Je remballe mes affaires sous le regard interrogateur de Paola et m'en vais. Je n'ai aucune envie de m'expliquer et de me retrouver face à elle. Je n'arriverai pas à faire l'hypocrite. Il faut que je redescende avant, là, j'ai envie de lui casser la tête !

Je sors de la salle, mon portable à la main. C'est fou mais je ne sais plus à qui téléphoner pour obtenir un minimum de réconfort. Antonio me déteste, mes sœurs m'ignorent, je veux épargner Leon... Il reste Sergio. Lui, il est au courant de tout. Je l'appelle et lui raconte la situation ubuesque que je viens de vivre avec Paola, encore une fois.

— Mais, Maya, ça t'étonne vraiment ? Le seul

élément qui change, c'est que pour une fois tu as été mise au courant de ses manigances. Sinon, ce sont toujours les mêmes scènes qui se répètent. Tu n'aurais pas dû lui dire que tu étais en couple ; à présent, elle n'a qu'une seule envie, c'est de se venger ou, du moins, de te freiner dans ton élan. Tu es sa chose, je te dis !

— Et qu'est-ce que je dois faire alors ?

— Je te l'ai dit, tu la prends entre quatre yeux mais devant tout le monde, toutes les personnes qu'elle a dupées, et tu fais se refermer le piège sur elle !

— Je suis incapable d'agir comme ça, je ne suis pas aussi méchante et calculatrice.

— Non, c'est pire, tu es une victime. Maintenant, c'est à toi de choisir : tu préfères rester une victime toute ta vie ou devenir bourreau juste une fois ?

Ses paroles me touchent. J'oscille entre peur et détermination. J'ai besoin de temps pour étudier tous les cas de figure. À nouveau coincée dans les embouteillages, je reçois un message sur le groupe du mariage. J'ai un coup au cœur lorsque je vois le nom de Paola s'afficher.

Les filles, je vous donne rendez-vous ce soir à 21 heures au bar El Corner. C'est un endroit à l'ambiance de folie ! Si vous vous y plaisez, nous ferons l'enterrement de vie de jeune fille de Lea là-bas.

El Corner ? Je me rappelle que c'est le nom du bar où travaille le petit ami d'Antonio, souvenir d'une sale soirée en ce qui me concerne. Et comme si cela ne suffisait pas, maintenant elle veut organiser l'EVJF de ma propre sœur ! Je serre les dents pour ne pas hurler, je crois qu'elle cherche à me rendre dingue, elle est en train de me coincer dans un étau. Mon sang ne fait qu'un tour, j'envoie un message à Sergio.

Je n'en peux plus. Je te suis, on passe à l'action.

Enfin ! Tu vas voir, tu seras libérée !

J'en doute sincèrement, mais je ne veux plus me laisser manipuler. Elle m'étouffe, me rend folle et fait avorter tous mes projets. De retour à la maison, je ne prends même plus la peine d'être diplomate face à mes sœurs.

— Hello, les filles ! Je ne vous demande pas de me répondre, je commence à m'habituer au silence. Profitez bien ce soir, je vous laisse gérer avec Paola, elle semble être une excellente intendante et organisatrice. Je vous laisse revenir vers moi pour me dire si je suis invitée à ton enterrement de vie de jeune fille, Lea ! Bonne soirée !

— Qu'est-ce qui te prend ? me rétorque Sylvia.

— Pour toute question, voyez avec Paola ! Bisous, les filles.

Fière de mon petit éclat, je regagne ma chambre et n'en sors plus jusqu'au lendemain. Ah, si ! Je me rends tout de même sur le perron une minute pour récupérer mes sushis auprès du livreur. J'ai préféré m'épargner le dîner familial.

Le lendemain, je passe une heure délicieuse avec Leon, nous prenons un petit déjeuner en amoureux à deux pas de la fac. Nous sommes seuls au monde, à nous raconter nos vies et nous manger des yeux. Tout est tellement évident avec lui, comme s'il m'attendait et que je l'attendais.

— Tu as réglé tes problèmes avec tes amis ?

— Bientôt...

— Mais tu m'as invité à une soirée avec eux demain, non ?

— Oui.

— Et tu n'as pas peur que cela se passe mal ? Je n'ai pas envie d'arriver comme un cheveu sur la soupe, je n'aime pas trop les conflits.

— Ne t'inquiète pas, ça va très bien se passer.

— Je te fais confiance alors, tu as l'air de savoir ce que tu fais.

Leon a raison, je sais très bien ce que je fais. Dans quelques jours, si tout se passe bien, je serai libre. Pour l'instant, je souhaite laisser mon chéri en dehors de tout ça, je ne veux pas le mettre au courant de mes projets ni lui dire que j'ai repris contact avec Sergio. Je préfère débuter mon histoire avec lui sur des bases saines, loin de cette négativité qui m'entoure en ce moment. En attendant de tout régler, je prends mon mal en patience et je profite de ces petits instants volés avec Leon. Il est tellement chou, je l'adore.

Le mercredi soir, il fait l'effort de venir jusqu'à chez moi pour que nous nous rendions ensemble chez Paola. Lorsqu'il sonne à la porte, mon cœur fait un bond, je suis excitée comme une puce.

— C'est qui le type devant la maison ? me demande Lea.

Je me tourne vers elle comme si j'avais vu un fantôme, je fais semblant de sursauter et je surjoue ma surprise pour la provoquer.

— Ah ? Tu me parles ? Pardonne-moi, je n'avais

plus l'habitude. Le gars devant, c'est mon mec. Bonne soirée !

Et je la laisse comme ça, dans l'entrée, bouche bée, avant de sauter dans les bras de Leon.

— Tu ne me présentes pas ta famille ?

— Non, on verra ça plus tard, ils sont tous très occupés par le mariage de ma sœur, je ne voudrais pas les embêter. On y va ?

— C'est parti.

Dans la voiture, je sens que Leon est nerveux, il n'arrête pas de frotter ses mains sur ses cuisses.

— Tu stresses ?

— Un peu… C'est normal, je suis officiellement ton mec, ça me met une petite pression quand même.

— Je te comprends, avec une fille comme moi, tu as peur de ne pas être à la hauteur, lui dis-je en souriant.

Il rigole et se détend, me passe la main dans le cou et commence à me masser ; c'est tellement bon, j'aimerais m'arrêter et lui sauter dessus. Ce sera pour une autre fois, nous arrivons chez Paola.

— Ça a l'air classe chez elle.

— Cela fait une éternité que je ne suis pas venue.

— Ah oui ? C'est ta meilleure amie pourtant.

— Oui, mais en ce moment c'est dur pour elle,

ses parents se séparent, c'est la crise à la maison, tu comprends..., dis-je avec une pointe d'ironie.

— Mince, la pauvre.

— Oui, la pauvre...

Nous sortons de la voiture et j'enfile aussitôt mon masque de fille enjouée, d'amie idéale, bourrée d'entrain et d'optimisme. J'en fais peut-être un peu trop mais tant pis, j'ai décidé de m'amuser.

— Salut, ma chérie, je lance en voyant Paola.

Elle est un peu surprise par ma gaieté soudaine. La dernière fois que nous nous sommes vues, l'ambiance était plutôt à la prise de bec.

— Salut Maya, salut Leon ! Ravie que tu aies pu venir.

— Je suis ravi aussi, Paola !

Nous entrons dans le séjour et saluons tout le monde. Antonio est là, il m'adresse à peine un regard. Je fais comme si je n'avais pas remarqué sa défiance et l'embrasse comme d'habitude, même chose pour Alice. Quant aux autres, je ne les connais que de loin mais je tisse rapidement des liens, je suis d'humeur sociable ce soir. Je m'amuse comme une petite folle. Je sens sur moi le regard pesant de Paola, elle a peur que je lui vole ses amis sans doute… Je prépare deux verres de vin et lui en tends un pour trinquer avec elle.

— Excellente idée cette soirée, Paola ! C'est très réussi. Mais c'est drôle, je pensais que tu aurais invité mes sœurs.

— Tes sœurs ? Non, ce n'était pas prévu. Elles t'ont dit quelque chose ?

— Ah non, moi elles ne me disent plus rien, mais j'espère qu'elles ne seront pas vexées de ne pas avoir été conviées…

Et je m'en vais, la laissant sur cette menace. J'imagine sa tête derrière mon dos, je jubile.

— Ça manque de bonne musique ici ! Je m'en charge ! dis-je tout haut à l'assemblée qui m'acclame.

Je connecte mon téléphone à l'enceinte placée au milieu de la pièce et je pousse le son tout en me mettant à danser. Les invités me rejoignent, et la vraie fête démarre. Paola n'a plus le contrôle sur sa propre soirée, je dois reconnaître que c'est assez jouissif. Toutefois, je ne devrais pas la sous-estimer, elle sait exactement quoi faire pour reprendre la main. Alors que je continue à me déhancher, je la vois s'approcher de Leon et l'attirer dans la cuisine. Ils discutent tous les eux, Paola s'est mise en mode « opération séduction ».

Elle est assise sur le plan de travail, rit à gorge déployée et ne cesse de passer les mains dans ses cheveux. Elle veut lui plaire ; je lui souhaite bon courage ! Je m'amuse de la situation et poursuis ma danse endiablée sous les yeux éberlués d'Antonio et Alice. Eh oui, je me lâche ce soir, et j'adore ça ! Je garde tout de même un œil sur Paola et Leon. Au moment où je les vois tous les deux sortir leurs portables, je me dirige vers eux.

— Vous êtes en train d'échanger vos numéros ? Oh ! c'est super, ça me fait tellement plaisir de voir que vous vous entendez bien… Ma meilleure amie et mon chéri, que demander de mieux ?

— Oui, je veux ajouter le numéro de Leon au groupe d'invités pour l'anniversaire d'Antonio samedi.

— Quelle bonne idée ! Plus il y a de monde, mieux c'est ! Et Ingrid ? Tu l'invites aussi ? Je suis surprise de ne pas la voir ici ce soir. Et mes sœurs, elles viendront aussi ?

— Pour Ingrid, ce n'est pas prévu, pour tes sœurs non plus. C'est un peu délicat avec Antonio.

— Mais non, il faut les inviter, ça va être super ! Pense à Sergio aussi ! Il est là en ce moment.

Paola me regarde d'un air interrogateur, elle se

demande pourquoi je suis si enjouée tout à coup, notamment en parlant de Sergio. Elle semble mal à l'aise, c'est tout ce que je voulais. J'embrasse à pleine bouche Leon devant elle, histoire d'en rajouter une couche. Elle baisse la tête comme si ce spectacle lui était insupportable. Leon est un peu gêné lui aussi, il va rejoindre les autres au milieu du salon, me laissant seule avec Paola.

— C'est du sérieux avec Leon ? me demande-t-elle.

— Oh oui, très sérieux, je vis un truc génial.

— Tu ne trouves pas ça un peu rapide ? Tu le connais à peine.

— Je le connais depuis peu de temps, nuance, mais je sais qui il est. Je n'ai aucun doute sur lui.

— C'est ce que tu pensais de Pablo.

— Non, cela n'a rien à voir. Leon et moi faisons déjà des projets. Pourquoi pas habiter ensemble l'année prochaine même !

— Tu plaisantes ? Tu es dingue !

— Je ne plaisante pas du tout, pourquoi perdre du temps quand on a trouvé la bonne personne ?

— Tu fais n'importe quoi, Maya.

— Rassure-toi, je sais très bien ce que je fais.

— Si tu vis avec lui, on ne pourra plus se voir comme avant.

— C'est certain, mais il faut savoir évoluer dans la vie. Nous ne pourrons pas rester collées *ad vitam aeternam.*

— J'aurais aimé être au courant de tes projets, c'est la moindre des choses.

— Eh bien, je te le dis, là. Bon, Leon et moi allons rentrer.

— Déjà ?

— Oui, on a cours demain et je veux commencer à préparer cet oral pour le stage, je n'ai pas envie qu'il me passe sous le nez…

Je l'embrasse chaleureusement pour lui dire au revoir et la remercie pour la soirée. Leon et moi regagnons la voiture.

— Je te ramène ? lui dis-je sans grande conviction.

— Je n'ai pas envie de te quitter.

— Moi non plus.

Nous pensons à la même chose. Avec un sourire complice, nous montons dans ma Smart et prenons la route vers Madrid. Excités à l'idée de ce qui devrait se passer dans les prochaines minutes, nous ne nous adressons presque pas la parole sur le chemin. Il règne une tension sensuelle, pour ne pas dire sexuelle, dans l'habitacle. Je me gare devant un petit hôtel pas très loin du campus.

Le temps qu'il nous faut pour prendre la clé de la chambre à la réception nous paraît durer une éternité. Direction le troisième étage. Leon me saute dessus dès que les portes de l'ascenseur se ferment sur nous. Tout en m'embrassant, il ouvre la porte de la chambre et m'attrape dans ses bras pour m'emmener jusqu'au lit. Je lui arrache sa chemise, c'est sauvage, bestial, nous n'en pouvions plus d'attendre. Nous faisons l'amour une bonne partie de la nuit, ses yeux sont plongés dans les miens, je n'ai jamais connu une telle intensité. C'est comme si nos corps étaient modelés l'un pour l'autre, tout est parfait. La fatigue prenant le pas, nous finissons par nous endormir l'un contre l'autre. C'est absolument magique.

Nous sommes réveillés par les premières lueurs du jour ; je le trouve encore plus beau ce matin. Cette nuit était formidable mais je ne dois pas perdre de vue mes objectifs. Je me douche rapidement et prends le chemin de la fac après l'avoir embrassé tendrement. Je l'entends murmurer.

— Je t'aime.

Waouh… Les trois mots, ça y est, ils sont sortis.

— Moi aussi, je t'aime.

Je ne l'avais pas redit depuis Sergio, ça me fait bizarre. Je quitte l'hôtel remplie de joie et d'amour, cette journée sera formidable, sans aucun doute. J'enchaîne les cours aujourd'hui, c'est un peu dur, je n'ai pas eu mon quota de sommeil. Pour me redonner un peu de courage, j'envoie un message à Leon.

C'était génial hier soir, tu me manques…

J'attendais une réponse immédiate, mais rien. Il s'est sûrement offert une petite sieste après cette folle nuit. Vers 17 heures, je ne suis pas mécontente de rentrer chez moi, je n'ai qu'une envie : me coucher… Et me confier à Emma sur ces dernières heures extraordinaires que j'ai vécues.

NOTES ••• OK

Chère Emma,

Je ne voulais pas tomber à nouveau dans ce piège et pourtant je suis très heureuse de pouvoir te dire qu'aujourd'hui je suis AMOUREUSE ! En fait, ressentir des émotions, c'est BIEN !

À 21 heures, je suis étonnée de ne pas avoir de nouvelles de Leon, un peu triste aussi, il me manque sincèrement. On toque à ma porte. Ce sont mes sœurs.

— Oui ?

— Coucou, Maya, ça va ? me demande Sylvia.

— Plutôt bien, oui.

— Tu n'as pas dormi à la maison la nuit dernière ? m'interroge Leanor.

— Non, vous êtes perspicaces.

Sylvia poursuit l'interrogatoire avec un sourire.

— Tu étais avec le bel inconnu d'hier ? Tu nous racontes ?

— C'est mon chéri.

— Sérieux ? Mais pourquoi tu ne nous as rien dit ? réagit Lea.

— Parce que c'est vous qui, depuis des jours, ne me dites plus rien. Donc je vis ma vie de mon côté.

— On ne veut pas se disputer avec toi, on s'est peut-être un peu emportées...

— Emportées ? Non, vous ne m'avez même pas laissée m'expliquer et vous ne m'avez pas demandé ce qu'il avait bien pu se passer !

— Paola nous a dit que tu avais d'autres priorités, et ça nous a vexées.

— Alors je vais être très claire, il va falloir arrêter d'écouter, croire et suivre Paola ! Elle n'est pas moi, OK ?

Elles me regardent toutes les deux, l'air contrit. Leanor reprend la parole :

— Si on te demande pardon… tu nous racontes les détails sur ton mec ?

Je leur souris, leur envoie mon oreiller dans la figure et, après quelques secondes de bataille, nous nous faisons un gros câlin. Le fait de me réconcilier avec elles me soulage d'un poids, mais autre chose me pèse maintenant : je n'ai toujours pas de nouvelles de Leon. J'ai un mauvais pressentiment, mais je suis épuisée et le sommeil prend le dessus sur mes questionnements…

Le lendemain matin, je me rue sur mon téléphone : toujours aucun signe de Leon. Je me dépêche de me préparer et file à la bibliothèque. Je ne comprends pas, il n'est pas là. Je commence vraiment à m'inquiéter. Même si c'est interdit dans la salle d'études, je tente de l'appeler, une fois, deux fois, trois… Je le vois arriver, il a le regard noir et ne m'adresse pas un sourire. Je me précipite à sa rencontre.

— Il y a un problème ? J'ai essayé de te joindre, je commençais sérieusement à m'inquiéter.

— Ah ouais ? Tu étais pourtant bien occupée hier matin après avoir couché avec moi.

— Hein ? J'étais en cours hier matin, je te l'ai dit en te quittant.

— Vraiment ?

— Bien sûr, je ne comprends pas ce que tu veux me dire.

Il sort son téléphone et me le colle sous le nez. Il me montre une photo de moi avec Sergio qui me tient la main. Je me souviens de ce moment, c'était dimanche au restaurant, après que je suis tombée sur lui dans la forêt.

— Il s'agit bien de ton ex ?

— Mais c'est n'importe quoi ! Cette photo date du week-end dernier, j'ai croisé Sergio par hasard et nous avons discuté, c'est tout ! Il ne se passe plus rien avec lui, nous sommes amis !

— C'est beau l'amitié.

Il me sort une autre photo sur laquelle Sergio et moi sommes carrément dans les bras l'un de l'autre.

— Je te jure que c'était en toute amitié !

— Arrête, s'il te plaît. Je pensais qu'il y avait quelque chose de fort entre nous. Finalement, tu n'as pas dû avoir ton compte après notre nuit ensemble, vu qu'il a fallu que tu te tapes ton ex deux heures après.

— Mais tu es dingue ! Je ne l'ai vu que dimanche dernier ! Hier, j'étais en cours ! Ce que tu me dis est odieux ! Et d'abord, qui a pris ces photos ? Qui te les a envoyées ?

— Peu importe, les faits sont là. Ciao, Maya. Trouve-toi un autre pigeon.

Et il s'en va. Je m'effondre sur ma chaise. Je quitte la bibliothèque en pleurant et retourne à ma voiture. Je ne peux pas aller en cours. J'étais la plus heureuse du monde il y a encore quelques heures et, là, mon monde s'effondre à nouveau. Mais c'est quoi ce karma ? Qu'est-ce que j'ai bien pu faire pour mériter ça ? J'appelle Sergio, en sanglots, et lui raconte ce qu'il vient de se passer.

— Tu as encore des doutes, Maya ? Tu n'as pas cru voir Paola dimanche, quand on était au resto ?

Non, ce n'est pas vrai, encore elle… mais bien sûr !

— C'est tout à fait son type de procédé. C'est

ce qu'elle faisait avec moi quand j'étais avec toi. Elle a les coordonnées de ton Leon ?

— Oui, depuis mercredi soir, ils se sont échangé leurs numéros.

— Voilà, tu as ta réponse. Calme-toi, je suis là. On ne va pas la laisser s'en sortir comme ça. Donne-moi le numéro de Leon.

— Pour quoi faire ?

— T'inquiète, donne-moi son numéro, je gère.

Heureusement que Sergio est là. Il me rassure, je ne me sens pas seule. Je suis tellement triste. Leon ne veut plus me voir ni me parler. C'était pourtant le bon, je ne peux pas expliquer pourquoi mais j'en suis certaine. Il faut que je me bouge, je ne veux pas le perdre. Je retrouve peu à peu mon âme de guerrière à mesure que j'approche de chez moi. J'ai envie de me vider la tête et de marcher, je me gare donc dans le centre-ville. On ne sait jamais, peut-être y croiserai-je Alice, on pourrait se prendre un petit café toutes les deux. Alors que j'arpente les allées piétonnes de ma petite ville, je tombe nez à nez avec… les parents de Paola. Ils sont main dans la main !

— Oh ! Bonjour, Maya ! Comment vas-tu ?

Cela fait un moment qu'on ne t'a pas vue ! Tout se passe bien à la fac ? me lance son père.

Je ne sais pas quoi répondre. Je suis choquée de les voir si épanouis alors que je les imagine en train de se déchirer depuis des semaines.

— Je vais bien, merci, et vous ? Vous étiez partis pour le travail, c'est ça ?

— Le travail, non ! rétorque en riant la mère de Paola. Nous sommes partis quelques jours à Malaga, nous comptons faire une grande fête en vue de renouveler nos vœux de mariage pour notre anniversaire. Trente ans, tu te rends compte ? Nous sommes allés repérer les lieux et nous avons trouvé l'endroit idéal pour réunir tout le monde. Ce sera en mai prochain, j'espère que tu pourras venir avec tes parents !

Plus aucun mot ne sort de ma bouche. Cette histoire de divorce… c'était donc faux ? Les mensonges de Paola vont vraiment trop loin, j'ai l'impression d'être piégée dans un mauvais téléfilm, c'est tout simplement incroyable, elle est prête à inventer n'importe quoi pour se faire plaindre. J'essaie de réactiver mon cerveau pour trouver une repartie au plus vite.

— C'est génial ! Paola ne m'avait rien dit de tout ça !

— C'est vrai ? me répond sa mère, surprise. Pourtant, on ne parle que de ça à la maison en ce moment !

— Cela vous dirait de prendre un petit café avec moi ? J'aimerais bien discuter un peu avec vous...

Enfin, je reprends le dessus. J'ai eu un échange très agréable et constructif avec les parents de Paola. Je passe cet après-midi-là exclusivement au téléphone, mon plan est entré en action. Les cours et les révisions attendront. Si tout se déroule comme je le souhaite et le prévois, la semaine prochaine, mes problèmes seront réglés, et à moi la liberté !

En attendant, je laisse Leon tranquille et fais des points réguliers avec Sergio. Nous préparons la soirée de samedi ; nous ne nous occupons pas des petits-fours, de la musique ou de la décoration, non. Nous avons prévu de nous charger de l'ambiance... et je crois bien que ce sera la fête du siècle !

Puisque plus grand monde ne me parle, je décide d'organiser un resto ce vendredi soir avec les seuls alliés qu'il me reste. J'invite Sergio et mes sœurs à la pizzeria du coin. Après la joie des retrouvailles, les rires et l'apéro, autant dire que la conversation tourne principalement autour de Paola, et de ce que Sergio et moi avons mis sur pied pour le lendemain. Mes sœurs hallucinent complètement, elles boivent nos paroles, je les retrouve enfin.

— Nous sommes à fond avec vous ! crient-elles en chœur.

Je dors peu cette nuit-là. Je suis à la fois stressée et excitée. Si tout se passe comme prévu, je pourrai qualifier cette soirée de la première du reste de ma vie. Je mets un soin tout particulier à préparer mes affaires et ma tenue pour l'anniversaire d'Antonio. Je porterai une robe rouge sang, couleur de ma vengeance. Au-delà de ça, je dois avouer que je serai vraiment canon… Dommage que je sois célibataire à nouveau. À cette pensée, j'ai un coup au cœur. Je pense à Leon, et ça me fait mal. Toutefois, chaque chose en son temps. Je m'occuperai de lui plus tard ; si je ne me trompe pas sur nos sentiments respectifs, nous allons forcément nous retrouver. C'est ce que je préfère penser en tous les cas, il faut que j'adopte un état d'esprit positif.

Vers 19 heures, mes sœurs viennent me chercher dans ma chambre. Sylvia porte une robe bleu nuit qui met ses yeux en valeur tandis que Leanor est en combi-pantalon vert bouteille qui lui fait une silhouette à tomber par terre.

— Vous êtes magnifiques, les filles !

— Il fallait bien ça, me répond Lea. Prête pour notre coup d'éclat ? demande-t-elle, l'air déterminé.

— Prête ! C'est parti, les meufs !

Nous prenons ma Smart pour nous rendre chez Alice, même si nous aurions tout à fait pu y aller à pied, elle habite juste à côté. Cependant, cela nous fait du bien de nous retrouver toutes les trois en voiture, comme avant, à écouter du Bruno Mars à fond, chanter à tue-tête et faire un petit brief avant la soirée. Nous sommes au point, nous sommes des *warriors* – oui, nous nous prenons carrément pour les « drôles de dames ». Arrivées devant chez Alice, mon rythme cardiaque est à cent mille. Nous nous serrons dans les bras tant bien que mal dans ma petite voiture.

— Je vous aime, les filles... mais la poignée

du frein à main est en train de me perforer une côte, nous dit Sylvia.

Nous explosons de rire, signe de notre complicité retrouvée, nous sommes d'ailleurs émues d'être à nouveau proches, comme avant. Nous sortons de la voiture ; Sergio est déjà là, il guettait notre arrivée, et nous fait à présent de grands signes pour que nous rentrions à l'intérieur. Nous sommes pile à l'heure et, pourtant, la fête bat déjà son plein. Antonio ambiance ses invités en se déhanchant au milieu de la piste. Je vais le voir tout de suite, accompagnée de Sergio.

— Je te souhaite un très joyeux anniversaire, Antonio, lui dis-je, pleine de tendresse envers mon ami.

Il me regarde à peine et noie le poisson en se tournant vers Sergio.

— Sergio, j'y crois pas, t'es là ! Quelle belle surprise, je suis trop content de te voir. Viens boire un verre.

Antonio emmène Sergio avec lui vers le bar, et je me retrouve toute seule, au milieu de la piste. Alice passe près de moi, elle fait comme si elle ne m'avait pas vue. Plus loin, j'aperçois Paola qui veille à ce que tout soit parfait. Elle vérifie le buffet, les hors-d'œuvre, les boissons, et se montre très directive avec le DJ. Du grand Paola, quoi ! Lorsqu'elle me remarque, elle vient me rejoindre.

— Salut, ma biche. Leon n'est pas avec toi ?

— Non, c'est bizarre, je n'ai pas de nouvelles de lui depuis avant-hier.

— Tu veux que je te dise ? Cela ne m'étonne qu'à moitié. Je pense que tu t'es un peu trop emballée avec ce type.

— Oui, tu as sûrement raison, comme d'habitude.

— Tu devrais m'écouter plus souvent, cela t'éviterait pas mal de déceptions. Allez, viens, ma chérie, on va se servir un verre, j'ai prévu ton vin blanc préféré !

C'est drôle, on dirait que je suis redevenue sa meilleure amie. Il suffisait juste que je lui paraisse isolée et célibataire, finalement. Tout ce qu'elle veut, c'est que je sois au plus mal pour pouvoir me remonter le moral et apparaître comme ma grande sauveuse. Son attitude me conforte dans mes projets pour la soirée.

— Je vois que tes sœurs sont là ?

— Ah ? Oui, je n'avais pas remarqué.

— Vous n'êtes pas venues ensemble ?

— Non, c'est un peu tendu entre nous en ce moment.

C'est l'instant que choisissent Sylvia et Leanor pour se jeter sur Paola.

— Oh ! mais c'est notre organisatrice de mariage préférée ! Bravo pour cette soirée, Paola, c'est grandiose ! lui lance Lea.

— Merci, les filles, c'est cool que vous soyez venues.

Mes sœurs l'embarquent avec elles tandis que je retrouve Sergio.

— L'action débute à quelle heure ? me demande-t-il, l'air faussement détendu.

— Tous les autres arrivent dans une heure pile.

— Parfait. Je te propose qu'on passe un peu de bon temps avant alors.

Il me tend la main pour m'inviter à danser. Il me fait valser au son d'un DJ italien, nous sommes complètement décalés ! Tout le monde nous observe, mais nous nous éclatons comme des gosses. Soudain, Sergio me glisse dans l'oreille :

— Regarde-la.

Du coin de l'œil, je guette Paola, elle est en train de nous prendre en photo, elle cherche probablement d'autres éléments pour m'éloigner de Leon. *Attends une petite heure, ma chérie, tu vas voir...* Tout à coup, la musique s'arrête, Antonio monte sur l'estrade et cogne trois fois sur son verre avec une petite cuillère.

— Votre attention, s'il vous plaît, juste quelques secondes. Je voulais vous remercier infiniment d'être là ce soir pour mon anniversaire. Si vous êtes présents, ce n'est pas par hasard, c'est parce que vous avez partagé des moments importants avec moi. J'aurais pu me passer de certains invités mais c'est ce que l'on appelle la diplomatie, et Dieu sait combien je suis diplomate.

Toute l'assemblée se marre à cette vanne, que je prends directement pour moi.

— Non, sans rire, cette soirée n'aurait jamais pu avoir lieu sans Paola.

Elle vient le rejoindre sur l'estrade, faisant semblant d'être gênée. Je la connais par cœur, elle savoure.

— Ma Paola, ma fidèle Paola qui a toujours été là et qui ne m'a jamais déçu, contrairement à d'autres...

Et bim ! Nouveau tacle dans mes dents. Il continue :

— Merci pour cette soirée, merci à vous, je vous kiffe, et maintenant… É-CLA-TEZ-VOUS !

La musique reprend de plus belle et Sergio me demande :

— Tout va bien ?

— Bof, j'accuse le coup. Son discours m'était clairement destiné.

— Je le crois aussi. Patience, il n'y a plus longtemps à attendre. Je m'occuperai de faire rentrer les derniers invités pendant que tu feras… ce que tu as à faire, OK ?

— OK. Excuse-moi, je suis un peu nerveuse.

Je me ressers un verre, pas d'alcool mais un soda, j'ai besoin de garder les idées tout à fait claires. J'observe les gens autour de moi, ils ont tous l'air heureux et font des courbettes à Paola. J'ai hâte que son masque tombe. Les chansons s'enchaînent, les basses vibrent dans mes tempes. Contrairement à mercredi soir, je n'arrive pas à faire semblant. L'alarme retentit sur mon téléphone, je jette un coup d'œil à Sergio, il me fait un signe de la tête : c'est le moment. Il se dirige vers la porte d'entrée et, moi, vers l'estrade. Je m'adresse à Paola.

— Dis, ma puce, tu peux brancher le micro, s'il te plaît ?

— Pourquoi ça ?

— J'aimerais faire un discours, moi aussi, pour l'anniversaire d'Antonio.

— Je ne pense pas que ce soit une bonne idée.

— Si, je t'assure, fais-moi confiance.

— À quoi tu joues, Maya ?

— Je ne joue pas justement, j'ai envie d'être sincère. Branche le micro, s'il te plaît.

— Non, je ne le ferai pas.

— D'accord.

J'adresse un signe à Leanor et Sylvia, elles sont avec le DJ et lui transmettent ma requête. C'est bon, il a coupé la musique et branché le micro. Je monte sur l'estrade, Paola me fait les gros yeux.

— Maya, descends de là, ce n'est pas ta soirée.

— Ce n'est pas la tienne non plus.

Tout le monde me regarde à présent. Je souffle un grand coup et m'approche du micro.

— Bonsoir à tous, et bonsoir, Antonio. Je tenais à te souhaiter personnellement un très joyeux anniversaire à toi, mon ami, pour toujours je l'espère, qui s'est détourné de moi à cause d'une personne mal intentionnée. C'est en ce sens que je veux rebondir sur ton discours, rendre hommage à la beauté de l'amitié et remercier, à mon tour, Paola.

À cet instant précis, il y a du mouvement au fond de la salle. Sergio arrive, accompagné des invités tardifs. Parmi eux, Ingrid, Pablo et les parents de Paola, qui ont la mine grave. J'attends que Paola remarque leur entrée pour poursuivre.

— Oui, merci, Paola. Merci de m'avoir ouvert les yeux sur le véritable sens de l'amitié. Depuis des mois, je m'aperçois que quelque chose ne tourne pas rond dans ma vie. Dès que le bonheur s'offre à moi, il s'effrite en à peine quelques jours. Je crois au karma. On récolte ce que l'on sème. Or, j'ai toujours eu l'impression de faire les choses bien ; en vain. Ce qui m'a poussée à me poser cette question : qu'est-ce qui cloche ? Quel message l'univers veut-il m'envoyer ? J'ai eu ma réponse lors d'un cours de psychologie sur le mensonge. Mentir est l'action de dire sciemment quelque chose de contraire à la vérité par intérêt ou pour valoriser son image. Certains mentent pour s'inventer une vie. Dans ce cas, la personne croit en ce qu'elle raconte ; autrement dit, elle ne ment pas, elle se trompe.

Je me tourne maintenant vers Paola, elle est blême.

— Ainsi donc, tu te trompes, Paola. Oui, tu t'es trompée quand tu as affirmé à Antonio que j'avais tout fait pour qu'il ne soit pas invité au mariage de ma sœur. Leanor, tu peux en témoigner ?

— Tout à fait, il n'a jamais été question que tu loupes ce grand jour, tu es attendu de pied ferme ! s'exclame cette dernière.

Antonio, légèrement éméché, se jette dans les bras de ma sœur et lance des baisers dans ma direction. Paola devient dingue.

— Arrête tout de suite, Maya, c'est n'importe quoi ! On n'est pas là pour écouter tes délires !

— Je n'en ai pas pour longtemps, ne t'inquiète pas. Je reprends. Paola, tu t'es aussi trompée quand tu m'as dit que tes parents étaient en plein divorce.

Je me tourne vers mes sœurs.

— D'ailleurs, les filles, nous sommes invitées à une grande fête en mai prochain pour leur anniversaire de mariage.

Paola monte carrément sur l'estrade pour tenter de m'arracher le micro. C'est Antonio lui-même qui l'arrête et la fait redescendre.

— Oui, Paola. Tu voulais que je m'occupe de

toi, donc tu t'es « trompée » en inventant cette histoire. Tu t'es aussi trompée quand tu m'as déclaré que mon ex, Sergio, était un coureur, et quand tu lui as assuré que je voyais plusieurs mecs dans son dos. Mais tu vois, il ne t'en veut pas, il est là. Et moi non plus, je ne t'en veux pas, c'était sûrement pour me garder près de toi.

— La ferme, Maya !

Paola est en train de perdre ses nerfs.

— Pas d'inquiétude, je me tairai bientôt, je ne voudrais pas manquer le gâteau. Paola, tu t'es aussi trompée quand tu ne me donnais pas les infos pour accompagner ma sœur dans l'organisation de son mariage. Vu que ta famille était en crise, tu voulais sûrement t'approprier la mienne. Ah ! mais non, j'oubliais : ta famille va très bien. Ouf, je suis soulagée. Tu t'es trompée aussi quand tu m'as dit que Pablo, mon petit flirt de ce début d'année, n'en avait rien à faire de moi et qu'il ne pensait qu'à me tromper. Tu l'as fait boire et tu l'as poussé dans les bras d'Ingrid. Sur tes conseils, je n'ai pas voulu écouter ses explications ni parler avec Ingrid. C'est dommage, cela nous aurait évité bien des désagréments.

Soudain, j'entends à nouveau la porte s'ouvrir

avec fracas. À mon tour d'être surprise, cette fois : c'est Leon. Il se tient aux côtés de Sergio et m'adresse un sourire discret.

— Et pour finir, Paola, tu t'es trompée quand tu as cru que tu pourrais te mettre entre Leon et moi. Pour ceux qui ne le connaissent pas, Leon est l'homme que j'aime, celui que j'attendais. Mais ce n'était pas du goût de Paola. Pourquoi, me demanderez-vous ? Parce que Paola veut que je lui appartienne, parce que Paola veut avoir le contrôle sur moi, elle veut que je sois son objet. Là encore, Paola, tu te trompes. Je n'appartiens à personne. À partir de maintenant, tu n'as plus d'emprise sur moi, et tes mensonges n'ont plus lieu d'être. Je me libère de tes chaînes. Mon unique option était de te confronter à toutes ces personnes que tu as voulu duper, dans le seul but d'être maîtresse de ma vie. Je te l'annonce, c'est terminé. Nos chemins se séparent ici... Sache que je te souhaite, sincèrement, du plus profond de mon être, de trouver le bonheur. Car tu dois être vraiment malheureuse pour avoir mis en place tous ces scénarios. Bonne route, Paola, et vive la vraie amitié ! Bon anniversaire, mon frère, Antonio, je t'aime, nous t'aimons tous !

Tout le monde m'acclame, crie et applaudit. J'en tremble, je revis. Puis je regarde Paola, elle me fusille sur place. Elle tente une nouvelle fois de se jeter sur moi, mais Antonio la retient encore dans ses bras. Les yeux exorbités, elle me hurle :

— Espèce de salope ! Tu n'es rien sans moi !

— Je suis absolument *tout* sans toi, Paola.

Ses parents se précipitent vers elle pour la récupérer. Sa mère est catastrophée.

— Ma chérie, calme-toi. Tu vas venir avec nous, nous allons prendre soin de toi. Nous ferons tout pour que tu ailles mieux.

Je détourne mon regard d'eux et descends de l'estrade. Je souris à Sergio, il glisse un mot dans l'oreille de Leon, qui marche doucement vers moi en me souriant. J'arrive à sa hauteur. Il me prend les mains tendrement.

— Eh bien, tu ne fais pas les choses à moitié, toi.

— Jamais quand il s'agit d'être avec toi.

— Pourquoi tu ne m'as pas parlé de tout ça ?

— Je voulais que tu comprennes de toi-même que tu pouvais avoir confiance en moi.

— Je ne la sentais pas en plus, cette fille.

— Arrêtons de parler d'elle.

— Tu as raison, on a mieux à faire… et quelques jours à rattraper.

Il pose délicatement ses lèvres sur les miennes. C'est le baiser le plus doux qu'on m'ait jamais donné, il réchauffe tout mon être. Il a un goût unique.

D'amour.

D'espoir.

De liberté.

Je le sais à présent : à partir de maintenant, ma vie va être incroyable.

ÉPILOGUE

Je n'ai pas revu Paola depuis ce jour. Elle n'a même pas pris la peine de se désinscrire de la fac ; les professeurs continuaient d'appeler son nom au début des cours. Je file le parfait amour avec Leon, il est le nouveau membre de la bande que nous formons avec Alice, Antonio et Sergio. Sergio et Leon sont d'ailleurs devenus les meilleurs amis du monde. Je suis partie sans crainte pour mon stage à Paris, cette année-là : je savais que mes amis seraient là à mon retour.

Leanor s'est installée à New York comme elle l'avait prévu. Son mariage avec Pedro était un jour extraordinaire, débordant d'amour et d'harmonie familiale. Sylvia, Alice, Antonio et moi étions habillés en rose pour l'occasion ; nous avons mis l'ambiance jusqu'au petit matin. Peu de temps après, Leon et moi avons décidé d'emménager ensemble. Depuis, nous sommes heureux comme au premier jour et avons adopté un petit chat que nous avons baptisé Freud.

Cela fait quatre ans maintenant que j'ai ouvert mon cabinet de psychologue en plein centre de Madrid, en dessous de l'hôtel où Leon et moi avons fait l'amour pour la première fois. C'est un peu le lieu où tout a commencé. Cela marche très bien pour moi, et aussi pour Leon, qui est devenu professeur de mathématiques à la fac où nous nous sommes rencontrés. Je nage dans le bonheur et j'ai des projets plein la tête. J'ai même pris goût aux discours depuis cette fameuse soirée ! Je donne régulièrement des conférences.

Comme ce soir, où je me trouve dans une salle de concerts pour parler de mon dernier livre. Je monte sur scène et observe l'assemblée devant moi. Tout le monde est assis et attend que je commence à parler. Tout le monde sauf une silhouette qui m'est particulièrement familière, une jeune femme qui se tient debout près de la porte de sortie. C'est elle. Paola. Peut-être croit-elle m'impressionner ou me déstabiliser. Elle ne sait pas à quel point, au contraire, elle me donne de la force.

Ton amour pour me sauver

Je m'approche lentement du micro en espérant qu'elle distingue bien mon regard, posé sur elle.

— Bonjour à tous. Nous sommes réunis ce soir pour parler du sujet de mon dernier livre : l'amitié toxique. Avant toute chose, laissez-moi vous raconter mon histoire...

REMERCIEMENTS

Une page ne suffirait pas pour remercier chacun et chacune de vous qui me suivez depuis tant d'années... Je suis extrêmement reconnaissante pour tout le soutien que vous m'apportez. Vous m'avez vue grandir, changer, évoluer : vous êtes ma deuxième famille et j'espère avancer à vos côtés le plus longtemps possible !

À toute l'équipe HarperCollins France, merci pour cette aventure littéraire.

Un grand merci à Carole Coatsaliou qui m'a accompagnée dans l'écriture de cette histoire.

À Julien Dupuis, qui depuis des années me guide et me soutient dans mes projets.

À ma famille, merci d'être toujours présente à mes côtés.

Et, bien sûr, à toi Quentin, mon amour, qui me donne énormément de force pour concrétiser mes rêves : merci pour ton amour et ta bienveillance.

Composé et édité par HarperCollins France.

Achevé d'imprimer en février 2022.

FIRMIN-DIDOT

à Mesnil-sur-l'Estrée (Eure)

Dépôt légal : mars 2022.

Pour limiter l'empreinte environnementale de ses livres, HarperCollins France s'engage à n'utiliser que du papier fabriqué à partir de bois provenant de forêts gérées durablement et de manière responsable.

Imprimé en France